Barbara Rose

Das Bücherschloss
Der verzauberte Schlüssel

Bisher erschienen:

Band 1: Das Geheimnis der magischen Bibliothek
Band 2: Der verzauberte Schlüssel
Band 3: Eine uralte Prophezeiung

Barbara Rose

Das Bücherschloss

Der verzauberte Schlüssel

Band 2

Mit Illustrationen von Annabelle von Sperber

Loewe

FSC
www.fsc.org
MIX
Papier aus verantwortungsvollen Quellen
FSC® C018236

ISBN 978-3-7432-0657-1
2. Auflage 2022

Umschlag- und Innenillustrationen: Annabelle von Sperber
Umschlaggestaltung: Johanna Mühlbauer
Printed in the EU

www.loewe-verlag.de

Inhalt

Im Park von Schloss Rosenbolt …

O nein, dieses … quak, quak … dieses unverschämte Geschöpf! Zielt mit seinem Ball einfach auf meine goldene Kugel. Und jetzt …“, der Frosch seufzte laut und verzweifelt, „jetzt ist sie kaputt. Zerschossen. In tausend Scherben zersprungen. Quak, quaahaak.“

In der Mitte des Rondells, um das die Auffahrt von Schloss Rosenbolt führte, stand ein Brunnen. Er war kreisrund und hatte ein vermoostes Wasserbecken, an dem schon einige Stellen abgeplatzt waren. In der Mitte befand sich ein Sockel, auf dem ein Frosch thronte.

Knacks hieß er. Aber das wusste zu diesem Zeitpunkt noch kaum jemand.

Der Frosch jammerte herzzerreißend. „Quak, quak-quak, quaaaak! Das hübsche goldene Spielzeug, das mir die Königstochter geschenkt hat. Das Wertvollste, was ich besaß. Quak! Wer wird mich denn jetzt noch anschauen? Ein alberner Hüpfer aus Stein bin ich, mit Scherben zwischen den Froschschenkeln. Quak, quak, quak. Das ist mein Ende, oje!"

Magische Wesen aller Art hätten die Klagen des armen Brunnenfrosches vernommen und ihm umgehend den kalten Rücken getätschelt. Für menschliche Ohren jedoch war alles, was Knacks herausquakte, unhörbar. Auch für die Gestalt, die verlegen auf den Wasserspeier starrte.

Mit seinen Glubschaugen versuchte Knacks, dieses Geschöpf genauer zu erkennen. Es war ein Junge, der nun eilig den Fußball vom Boden hob, ihn unter den Arm klemmte und sich mit schnellen Schritten entfernte.

„Quak. Du machst es dir leicht", keckerte der Brunnenfrosch dem Flüchtenden empört hinterher. „Zerschlägst mein geliebtes Spielzeug und haust jetzt einfach ab? Wo bleibt denn da der Anstand? Wer schenkt mir eine neue Kugel?"

Ein paar winzige, kaum sichtbare Tränen kullerten über die steinernen Wangen des Frosches. Rannen über seinen Körper und perlten schließlich in das leere, bemooste Wasserbecken.

„Was soll ich denn jetzt machen?", murmelte Knacks traurig. „Ein Königreich für eine neue goldene Kugel! Aber ... wer kann mir die besorgen? Niemand! Quaaaaak!"

Und als hätte der Junge Knacks' Jammern doch gehört, blieb er in einiger Entfernung noch einmal kurz stehen und drehte sich um. „Tut mir echt leid, du Krötendings, das ... das wollte ich nicht. Wirklich nicht!"

Knacks war fassungslos. „Hast du mich gerade wahrhaftig als Kröte bezeichnet?" Er bekam Schnappatmung vor Wut. „Ich bin Knacks Frosch! Ein waschechter, sogar königlicher Nachkomme aus dem ehrenwerten Geschlecht der *Goldlurche.* Aber das scheint hier offenbar niemanden zu interessieren."

Und damit lag Knacks richtig.

Ohne sich noch einmal umzusehen, rannte der Junge los. An den blühenden Rosenbüschen vorbei. Im Eiltempo über die grüne Wiese von Schloss Rosenbolt. Neben der mächtigen Kastanie mit der alten Schaukel hielt er kurz inne und lief dann weiter entlang des schmalen Baches. Den Irrgarten ließ der Junge links liegen und verschwand im Wäldchen am Ende des Schlossgartens.

Weg war er.

1. Kapitel

Steindrachen und Silberschlüssel

Im Erdgeschoss von Schloss Rosenbolt stand Becky vor dem Arbeitszimmer ihres Vaters. Direkt hinter ihr trat Hugo, Beckys bester Freund, nervös von einem Fuß auf den anderen. Zu Hugos Füßen lag sein Hund Watson und wedelte unruhig mit dem Schwanz. Die Vierte im Bunde schließlich war Lotti. Das Streifenhörnchen saß auf Beckys Schulter und knabberte an einer Haselnuss. Das machte Lotti gern, wenn sie aufgeregt war. Und in

diesem Moment war sie sehr aufgeregt. Denn hinter der Tür des Büros von Professor Librum verbarg sich etwas ganz Besonderes. Eine Kostbarkeit, die für zahlreiche magische Wesen im Schloss – und weit darüber hinaus – von enormer Bedeutung war: *Das Buch der Bücher*. Woher Becky und ihre Freunde das wussten? Sie hatten es in der Kristallkugel von Glimmeria, eines der Wesen aus der magischen Bibliothek des Schlosses, gesehen. Die Kugel war ihnen quasi vor die Füße gepurzelt.

„Soll ich?" In der Hand hielt Becky einen etwas verbogenen, alten Schlüssel. Professor Librum hatte ihn, mit einem Zettel versehen, auf den gemütlichen Sessel in Beckys Zimmer gelegt. Leider hatte Lotti sich darauf zusammengerollt und den ganzen Tag geschlafen. Und so hatte Becky den Schlüssel samt Brief gerade erst entdeckt. Dabei war doch höchste Eile geboten, denn das Schicksal der magischen Welt lag in ihren Händen! Wenn Becky an den Brief ihres Vaters dachte, musste sie noch immer lächeln.

Liebe Becky,

ich bin heute den ganzen Tag in der Universität und komme erst zu unserem Spieleabend zurück. Lasse dir deshalb den Schlüssel für mein Arbeitszimmer da. Du weißt ja, dass du mein Büro normalerweise nicht betreten sollst. Aber ich habe mir gedacht, dass dich das spezielle Buch, das mir vor einiger Zeit in der Universität praktisch in den Schoß gefallen ist, interessieren könnte. Also mache ich für meine Becky eine Ausnahme. Pass bitte auf, das Schloss klemmt! Das Buch liegt auf dem Schreibtisch. Geh einfach hinein und nimm es dir. Aber Vorsicht! Ich habe das Gefühl, es ist irgendwie … lebendig. Und ein bisschen verrückt. Natürlich ist das gegen jede Logik und kann gar nicht sein. Ich bin zurzeit wohl einfach etwas überarbeitet.

Verwirrte Grüße von deinem Papa

Lieb von ihm, dass er ihr den Schlüssel für sein Arbeitszimmer überlassen hatte. Ihr Vater konnte ja nicht ahnen, wie wichtig das *Buch der Bücher* für Becky und Hugo war. Es war exakt das Werk, welches Becky und Hugo für ihre besondere Mission im Auftrag der magischen Wesen brauchten. Dass es ausgerechnet im Büro von Beckys Vater lag, war kein Zufall. Aber davon sollten die beiden erst viel später erfahren.

„Hoffentlich bricht er mir nicht ab." Nervös drehte Becky den Schlüssel hin und her.

„Wenn wir im Büro sind, müssen wir dem *Buch der Bücher* sofort klarmachen, dass es sich zu benehmen hat", murmelte Hugo und schüttelte den Kopf. „Wie unvorsichtig, sich vor deinem Vater zu bewegen, zu duften, zu husten oder sonst was. Das hat Pepper den Büchern in der Bibliothek ja schließlich auch strengstens verboten."

„So eine Hohlnuss von Buch!", krakeelte Lotti. „Wenn wir drin sind, schimpfst du mal kräftig mit dem Ding. Aber jetzt mach schon, Becky. Das ist so spannend! Ich will endlich wissen, was drinsteht. Los, steck den Schlüssel ins Schloss und dreh ihn hörnchenfix um. Lass dir bloß nicht so viel Zeit. Jede Minute ist kostbar, das weißt du doch. Ich habe schließlich auch nicht alle Zeit der Welt, ich muss noch ein paar Nüsse knacken und Früchte naschen. O ja, hörnchenstarke Idee! Also solltest du nicht so lange zögern. Ich meine … wenn du so lange brauchst wie beim Zähneputzen oder beim Schlafanzuganziehen, dann …“

„Lotti!“ Ein energisches Bellen ertönte. „Wuff, wuff! Halt endlich die Klappe! Becky muss doch einfach nur einen Schlüssel umdrehen. Und nicht deinen Käfig auf Hochglanz polieren.“ Watson blinzelte treuherzig. „’tschuldigung, Leute, aber das musste mal gesagt werden. Lotti quatscht schon wieder zu viel.“

Vor einiger Zeit hatten Becky und Hugo das Buch *Als die Tiere sprechen lernten* aus der geheimnisvollen Kinderbibliothek des Schlosses gelesen. Dabei war eine Ladung magisches Pulver zwischen den Seiten hervorgeströmt und auf ihre Haustiere gerieselt. Und von diesem Moment an konnten Watson und Lotti sprechen. Seither plapperte das Streifenhörnchen unentwegt. Das wurde dem armen Watson, einem eher zurückhaltenden Malteser, häufig zu viel.

„Schon okay, Watson. Lotti, du nimmst das deinem Hundekumpel nicht übel, oder? Wir wissen doch alle, dass ihr euch ansonsten super versteht", meinte Hugo. Er stand dicht hinter Becky und beobachtete jede ihrer Regungen. Aufmunternd strich er ihr über den Arm. „Es wird Zeit, Becky. Wir sind bald am Ziel. Dann erfahren wir die Geschichte der magischen Welt und die ihrer Bewohner."

Becky lächelte Hugo dankbar an. Er schaffte es immer, ihr Mut zu machen. „Dann geht es jetzt los!"

Beckys Hände zitterten, als sie den verbogenen Schlüssel zaghaft in das Schlüsselloch der schweren Holztür steckte. Es tat gut, dass Hugo ihr zur Seite stand. Mit Lotti und Watson waren sie das großartigste Vierergespann, das es gab. Genau die Art von Freunden, von denen Becky immer geträumt hatte.

„Hast du's endlich? Lässt sich der Schlüssel drehen?" Hugo blickte Becky neugierig über die Schulter. „Mach ganz langsam."

Krack! Krack! Krack!

Ein metallenes Knirschen verriet, dass das Schloss entriegelt war. Becky drückte die Klinke hinunter und öffnete die Tür vorsichtig.

Hugo schob Becky behutsam in das Arbeitszimmer. „Jetzt mach schon. Gleich dürfen wir das Buch zum ersten Mal berühren."

Zosch! In diesem Moment schoss blitzschnell etwas an den Köpfen der beiden Kinder vorbei, hinein ins Arbeitszimmer.

Zisch! Ein zweites Flugobjekt, gehüllt in eine dichte Rauchwolke, folgte.

„Wer oder was war das?", fragte Lotti verdattert und sah den beiden Flugobjekten hinterher.

„Na, wer schon?" Becky zuckte mit den Schultern und schnupperte.

„Hier riecht es ziemlich verbrannt. Wie immer, wenn unser Drachenfreund Igor sich beinahe selbst abfackelt. Und Herr Nase ist auch dabei.“

Die beiden Flugobjekte waren Steinfiguren, die in Beckys Zimmer an der Wand hingen. Aber auf geheimnisvolle Weise wurden sie, wie so viele andere scheinbar leblose Wesen in Schloss Rosenbolt, ab und zu lebendig.

An der Wand sah Herr Nase aus wie eine Monsterfratze. Ein Kopf ohne Körper, mit nur zwei Händen. Das Wesen hatte riesige Kulleraugen, eine kräftige, knubbelige Nase und einen breiten Mund. Im versteinerten Zustand popelte Herr Nase mit dem Zeigefinger hingebungsvoll in seinem großen Nasenloch. Sobald er jedoch lebendig wurde, war Herr Nase wohlerzogen und höflich und sah aus wie ein kleiner, dicker Kobold.

Igor war ein Drache, ein echter Feuerdrache. Allerdings ging beim Feuerspeien immer wieder etwas schief. Mal kokelte Igor Gardinen an oder der Drache setzte den Papierkorb in Beckys Zimmer in Brand oder fackelte aus

Versehen ihre Papierschiffchensammlung ab. Trotzdem konnte Becky ihm nie lange böse sein. Igor war einfach zu niedlich! Er trug zwei gedrehte Hörnchen auf dem Kopf und die Flügel waren so sehr gespreizt, als würde er im nächsten Moment losfliegen.

„Hihi, wir sind es wirklich!“, quiekte Igor. „Becky hat recht mit ihrer Vermutung.“

„Wir sind die Ersten, ätsch! Wir sitzen schon auf dem Schreibtisch“, rief Herr Nase hinterher.

Hugo stürmte nun ebenfalls hinein. „Du kannst alles machen, Igor. Aber du darfst auf keinen Fall Feuer spucken! Die Seiten des alten Buches fangen bestimmt sofort Feuer.“

Das Büro des Professors lag im gedämpften Licht und Staubkörnchen tanzten umher. Deckenhohe Bücherregale breiteten sich an allen Wänden aus. In der Mitte des Raumes befand sich ein klobiger Holzschreibtisch. Darauf standen eine Lampe, ein Computer, zahllose Papierstapel, etliche Zeitungen und das *Buch der Bücher*, das Beckys Vater bereitgelegt hatte. Daneben hockten die zwei kleinen magischen Steinwesen.

Igor schlug beleidigt mit den Drachenflügeln. „Pfff. Feuerspeien ist eine meiner leichtesten Übungen. Da passiert gar und überhaupt nix. Guckt mal!"

„Nein!" Becky hielt sich erschrocken die Hand vor den Mund. „Nicht, Igor!"

Doch es war zu spät.

2. Kapitel

Mondsteine und Fellchen

Direkt vor dem wertvollen Buch legte Igor den Kopf in den Nacken. Ruckartig pustete er einen langen Feuerstrahl aus dem tiefsten Inneren hervor.

„Was tust du nur, Igor!?“, schrie Becky.

Lotti schlug entsetzt die Pfoten vor das Gesicht. Hugo schnappte sich ein Kissen von einem der Sessel, um damit die Flammen an dem besonderen Buch ausschlagen zu können. Doch im allerletzten Moment drehte der kleine Feuerdrache seinen Kopf und steckte, natürlich aus Versehen, eine hübsche Papierblume neben dem Computer in Brand. Becky hatte sie vor Jahren für ihren Vater gebastelt. Hugo packte die brennende Blume mit spitzen Fingern, Becky kippte geistesgegenwärtig den Inhalt einer halb leeren Teetasse darüber.

„Feuer gelöscht", stellte sie trocken fest.

Hugo pustete auf seine heißen Finger. „Dafür sieht es auf dem Teppichboden deines Vaters jetzt echt übel aus."

Becky seufzte. „Den Schlamassel müssen wir unbedingt sauber machen. Wenn Papa das sieht, wird er stinksauer."

„Grrr. Wau, wau! Mann, Igor", knurrte Watson. „Eigentlich müssten wir dich gleich wieder aus dem Büro schmeißen."

„Tut mir leid", brummte der Feuerdrache. „Ich wollte doch nur zeigen ... also ... dass ich zielen kann."

Herr Nase legte den Kopf schief. „Kannste aber nicht."

Igor holte tief Luft. „Ihr dürft mich gar nicht wegschicken. Pepper hat ausdrücklich gesagt, dass Herr Nase und ich dabei sein sollen."

„Das stimmt", bestätigte Herr Nase. „Der Kater hat uns extra entsteinert, damit wir euch beobachten, wenn ihr das *Buch der Bücher* holt. Und dann sollen wir oben in der magischen Bibliothek Bescheid geben. Oder euch gleich mitbringen, wenn ihr gestattet."

Tatsächlich gehorchten die Steinfiguren – mal mehr, mal weniger – den anderen magischen Wesen im Schloss und wurden nur auf deren Wunsch hin lebendig. Meistens machte Pepper die entsprechende Ansage.

„Vor lauter Feuerspeien habt ihr das Wichtigste ganz vergessen: das magische Buch! Ich kann es gar nicht sehen. Hallo?" Lotti stellte sich auf die Hinterpfoten, aber auch in dieser Position konnte sie nicht viel erspähen. „Hörnchenfies, so geht das nicht!" Eilig kletterte Lotti von Beckys Schulter, krabbelte leichtfüßig ihren Arm, dann ihr rechtes Bein hinunter. Am Boden angekommen, flitzte das Streifenhörnchen Richtung Schreibtisch. In Windeseile kletterte es hinauf.

„Da ist es ja!", fiepte Lotti. „Das wunderbare, geheimnisvolle Buch."

Auch Becky und Hugo standen jetzt neugierig um den Schreibtisch herum. Hugo hatte seinen Hundefreund auf den Arm genommen. So konnte Watson auch etwas sehen.

„Es sieht traumhaft aus", flüsterte der Hund.

„Absolut genial", stimmte Hugo zu.

„Und wie es duftet!" Lotti hob schnuppernd ihr Näschen. Ihre Tasthaare zitterten. „Nach Himbeeren und Wald und Honig."

Becky sagte nichts. Sie stand einfach nur da und staunte. So etwas Wunderschönes hatte sie noch nie zuvor gesehen.

Das rotgoldene Licht der Abendsonne, das durch die Fenster schien, fiel direkt auf das schwere Buch. Es war etwa so groß wie ein Schulatlas und sehr dick. In der Mitte des honigbraunen Ledereinbands, der die Buchdeckel und den Buchrücken umhüllte, war eine leicht erhabene Krone angebracht. Becky kannte diese Ledereinbände von den wertvollsten Werken ihres Vaters.

Allerdings hatte sie noch nie ein solch beeindruckendes Exemplar gesehen. Als die Sonnenstrahlen auf den Einband trafen, glänzte die Krone wie frisch poliertes Gold. Die Mondsteine, die auf jeder Zacke saßen, schimmerten verführerisch.

„Seht ihr, was ich sehe?", flüsterte Hugo.

Becky war seinem Blick gefolgt. Sie trat noch näher an den Schreibtisch und beugte sich über das Buch. Zahlreiche fingernagelgroße Wesen, die beinahe lebendig aussahen, liefen um die Krone herum. Wie in einem sich ständig drehenden Karussell.

„Da ist Glimmeria!", rief Becky begeistert.

Eine Fee mit silbernen Haaren und einem zartrosa Kleid spielte ausgelassen mit ein paar Büschen, die Gesichter hatten und Kleider trugen.

„Abgefahren!", meinte Hugo. „Dornröschen, der kleine Prinz und jede Menge wilde Kerle sind auch dabei."

„Wahuuuu!", jaulte Watson. „Lauter Wesen aus bekannten Büchern. Ihre Miniaturausgaben."

„Und was ist das?" Mit dem Zeigefinger berührte Becky eine gewölbte Stelle auf der Vorderseite des Buches.

Fasziniert beobachteten nun auch Hugo, Lotti und Watson, wie sich der Buchdeckel stetig um ein paar Millimeter hob und dann wieder senkte. Ein bläuliches Leuchten ging von den Buchseiten aus. Es schien direkt aus dem Inneren des Buches zu kommen.

„Es ist ... als würde das Buch atmen", hauchte Becky.

„Aber natürlich atmet es", rief Herr Nase etwas ungehalten. „Es ist ja schließlich nicht *irgendein* Buch."

Igor stieß eine kleine, wirklich sehr kleine Feuersäule in die Luft. „Es atmet ganz ruhig und friedlich. Denn es ist wieder ins Schloss zurückgekehrt. Endlich!"

„Ich will mal hoffen, dass uns das Buch nicht beißt", überlegte Lotti. Sicherheitshalber sprang sie mit Anlauf auf Beckys Schulter zurück und krabbelte von dort in die Pullovertasche. „Hier kann es mich nicht erwischen."

Igor schüttelte missbilligend den Drachenkopf. „Unsinn! Das Buch will niemandem etwas tun. Es ist ein gutes Buch."

Becky holte tief Luft und las den mit goldenen Buchstaben gedruckten Titel vor:

Das Buch der Bücher
Die magische Welt und ihre Bewohner

In diesem Moment begann das Buch zu raunen und zu wispern, es atmete hörbar ein und aus. Ein feines, weit entferntes Surren hob an, dann wurde der Buchdeckel wie von Geisterhand geöffnet und winzige Flugtierchen schwebten heraus. Sie hatten große, schimmernde Flügel und samtweiche dunkelblaue Körper.

„Sie sehen aus wie ... zarte Libellen", flüsterte Becky.

„Aber so einen Pelz haben eher Hummeln", korrigierte Hugo.

„Ihr habt beide recht", trällerten die winzigen Flugtiere. „Wir sind Fellchen. Wir geben auf das *Buch der Bücher* acht. Und wir begleiten alle, die darin lesen, auf ihrer Reise in die magische Welt."

Die Fellchen setzten sich auf Beckys Nase und auf Hugos Stirn. Sie wippten auf Watsons Schwanz und ließen sich auf Lottis Ohren nieder.

Und dann, ganz plötzlich, schwirrten alle Fellchen wie auf ein geheimes Kommando hin in die Mitte des Raumes und bildeten flügelschlagend zwei Wörter. Zwei echte Wörter!

„Lest los!“, entzifferte Hugo mit zitternder Stimme.

„Wir sind die Botschafter des Buches“, trällerte ein besonders dickes Fellchen. Es hatte sich auf Beckys Brillenbügel niedergelassen und summte vor sich hin. „Wenn ihr beim Lesen Fragen habt, beantworten wir sie gern.“

„Also … bleibt ihr jetzt hier bei uns?“, wollte Hugo wissen. „Ich meine … verschwindet ihr nicht mehr im Buch?“

„Wir begleiten euch überall dorthin, wo ihr das *Buch*

der Bücher lest. Solange ihr lest, sind wir für euch da", wisperte ein kleines Fellchen. „Und wenn ihr beim Schmökern in die magische Welt eintaucht, kommen wir mit."

Das dicke Fellchen brummte traurig: „Es ist schon so lange her, dass wir in der magischen Welt waren. Niemand hat unser Buch aufgeschlagen."

„Das tut mir leid, aber jetzt habt ihr ja uns!" Becky überlegte. „Papas Arbeitszimmer ist nicht der passende Ort zum Lesen. Aber wir könnten in die Bibliothek gehen. Nachdem wir die Spuren von Igors Feuerzauber beseitigt haben."

Der kleine Drache sah sie aus seinen dunklen Murmelaugen unschuldig an. „Feuerzauber ist ein schönes Wort. Danke, Becky."

Mit Schaufel und Besen, die Hugo eilig aus der Küche geholt hatte, kehrte er die verbrannten, nassen Papierfetzen auf. Becky reichte ihm ein altes Stück Zeitungspapier. Hugo schaufelte den Müll hinein und knüllte die Zeitung fest zusammen.

„Den Besuch in der Bibliothek schaffen wir noch, aber das Lesen kriegen wir heute nicht mehr hin. Hast du vergessen, dass wir mit deinem Vater und meiner Mutter einen Spieleabend machen wollten?" Hugo trat ans Fenster und deutete auf einen großen Baum im Schlosspark, um den eine kreisrunde Holzbank gebaut war. Im Abendlicht sah das Plätzchen beinahe verwunschen aus. „Sollten wir das *Buch der Bücher* morgen nicht lieber in Ruhe öffnen und lesen? Dort unter der Kastanie sieht es total gemütlich aus. Was meinst du, geben wir Pepper, Genoveva und Ferdinand kurz Bescheid? Dann nimmt einer von uns das Buch mit zu sich ins Zimmer und gleich morgen früh gehen wir damit in den Schlosspark."

Becky sah auf ihre Armbanduhr. „Du hast recht, es ist schon spät." Becky überlegte. „Und wie machen wir das morgen mit den Fellchen? Bisher sind wir den magischen Wesen nur im Schloss begegnet. Ich weiß nicht, ob der Zauber auch draußen funktioniert." Sie wandte sich an die Flugtierchen. „Können wir euch auch im Schlosspark sehen?"

„Natürlich!“, kicherte ein ganz kleines Fellchen. „Ihr könnt jedes magische Wesen sehen. Dann, wenn es das auch will. Regel zwei in der magischen Welt.“

Ein Fellchen mit besonders auffällig schimmernden Flügeln schwebte anmutig zwischen Becky und Hugo hin und her. „Ihr zwei wisst noch so wenig über die magische Welt. Eigentlich so gut wie überhaupt nichts.“

Das dicke Fellchen rieb sich den prallen Bauch. „Sonst wüsstet ihr nämlich, dass es auch im Schlosspark magische Wesen gibt. Und zwar jede Menge!“

3. Kapitel

Zaubertreppen und Mondraketen

Es war eine lustige Truppe, die Minuten später zu der geheimen Bibliothek unterm Dach des Schlosses aufbrach. Hier wurden, das hatten Becky und Hugo inzwischen herausgefunden, nur Kinderbücher aufbewahrt und der Zutritt wurde auch nur Kindern gewährt.

„Beeilt euch, das Buch ist ganz schön schwer!“, keuchte Hugo auf dem Weg durch die langen Gänge des Schlosses.

An seiner Seite trippelte Watson, aufmerksam wie ein Leibwächter. Glücklicherweise musste er nicht warnend losbellen, wenn er einen Erwachsenen zu Gesicht bekam. Professor Librum war noch in der Uni und Molly, Hugos Mutter, ebenfalls. Neben ihrer Arbeit als Haushälterin in Schloss Rosenbolt hatte sie auf ausdrücklichen Wunsch von Beckys Vater ihr Studium wieder aufgenommen. Molly träumte davon, Lehrerin zu werden. So waren die Kinder den größten Teil des Tages auf sich allein gestellt. Becky und Hugo war das gerade recht, sie kamen gut ohne die Erwachsenen klar, ihre Abwesenheit bescherte ihnen jede Menge Freiheiten.

Heute hatten sie bis zum Abendessen noch ein wenig Zeit.

„Ich war kurz in der Küche, ich hab schon so Hunger."

Becky hatte sich unterwegs schnell zwei Äpfel für Hugo und sich, ein Würstchen für Watson und ein paar Trauben für Lotti aus der Küche geschnappt. Die Trauben, Lottis Lieblingsnahrung, stopfte sie nun zu dem hungrigen Streifenhörnchen in die Beuteltasche ihres Pullovers. Hier verkrümelte sich Lotti am liebsten, wenn sie gemeinsam unterwegs waren. Den vier Freunden folgten summend und brummend zahlreiche Fellchen. Herr Nase und Igor waren längst vorausgeschwirrt.

Als sie in die Eingangshallte traten, breitete Becky die Arme aus und drehte sich einmal im Kreis. „Ich liebe diese Halle."

Üppige Brokatvorhänge mit aufwendigen Stickereien hingen an den hohen Fenstern. An einer Seite der Halle war ein offener Kamin, über dem zwei gekreuzte Schwerter und ein Wappen hingen. Davor standen goldene Sessel mit dunkelrotem Plüschpolster. Hier hatte Becky schon einige Male mit Hugo und Genoveva gesessen und geschmökert. Natürlich nur dann, wenn ihr Papa und Molly weg waren. Die magischen Wesen mieden Erwachsene.

Unmengen von Bildern in glänzenden Rahmen hingen an den Wänden der Eingangshalle. Männer in Rüstungen, Frauen mit kunstvollen Frisuren und feinen Kleidern sowie altertümliche Paare blickten auf sie herab.

„Welche Treppe nehmen wir diesmal?", fragte Hugo.

Von einer großen Steintreppe führten viele kleinere Treppen in alle Richtungen. Und zwar jede Art von Treppen. Steile Wendeltreppen aus Metall, ausgetretene Holzstiegen und sogar eine Strickleiter, die aus einem Loch von der Decke baumelte. Sie alle sahen nicht mehr ganz neu aus. Das Ulkige war, dass die Treppen ins Nichts führten. Weit vor den Türen in den oberen Stockwerken endeten sie einfach.

„Die zweite von links", entschied Becky aus dem Bauch heraus.

Die metallene Wendeltreppe führte spiralförmig nach oben. Auf Höhe des Porträts von Genoveva, die natürlich nicht darin war, sondern ihrem Bild entstiegen und mit Sicherheit schon in der Bibliothek wartete, endete die Stiege.

Hugo kletterte ein paar Stufen hinauf und setzte sich

bequem hin. Das Buch legte er vorsichtig in seinen Schoß. Becky stellte sich auf die unterste Stufe, packte mit der rechten Hand das Geländer, mit der linken hielt sie Watson.

„Es kann losgehen." Hugo hob den gestreckten Daumen.

Damit sie einen sicheren Stand hatte, baute sich Becky so breitbeinig wie nur möglich auf. Sie ahnte schon, dass die Treppe sich entweder wie eine Feuerwehrleiter verlängern oder überraschend ausfahren würde. So hatten es die anderen Treppen gemacht, die sie bisher benutzt hatten. Wie sonst würden sie auf einmal bis unter das Dach reichen?

Kaum standen beide Kinder, begann die Treppe metallisch zu klackern, zu rasseln und zu quietschen.

„Gut festhalten", rief Becky.

„Festhalten! Festhalten! Ganz fest festhalten", schallte es vielstimmig zurück.

Die Wörter hallten durch die gesamte Eingangshalle, wurden erst lauter, überschlugen sich förmlich, klangen dann leiser, bis sie schließlich verstummten.

Becky lächelte. Inzwischen wusste sie, woher die Stimmen kamen: Es waren die Steinfiguren, die überall an den Wänden und Decken des Schlosses angebracht waren. Jedes Mal, wenn Hugo und sie unterwegs zur geheimen Bibliothek waren, wurde Becky von den steinernen Wesen auf besondere Weise begrüßt. Denn Becky war das Mädchen, das auserwählt war, diese Kinderbibliothek mitsamt ihren Büchern zu retten.

„Willkommen, liebste Freundin und Retterin der magischen Bibliothek“, flötete eine hübsche steinerne Frau. „Ich bin entzückt!“

So unvorstellbar es zunächst in Beckys Ohren geklungen hatte – sie war wirklich die Retterin der magischen Bibliothek im Schloss Rosenbolt! Das hatte sie bei ihrem ersten Besuch dort oben von den magischen Wesen erfahren.

Tatsächlich hatten die Bücher bei Beckys und Hugos erstem Besuch in der Bibliothek schrecklich ausgesehen. Feiner Papierstaub hatte überall dort auf dem Boden gelegen, wo sich Bücher langsam in Vergessenheit auflösten. Über manchen Regalen hing noch immer zäher Nebel, Feuchtigkeit tropfte auf die Einbände und zersetzte sie allmählich.

Es war großes Glück, dass Hugo ebenfalls im Schloss eingezogen war, denn ohne ihn hätte Becky nie zu lesen begonnen. Zu stark und traurig waren die Erinnerungen an die gemeinsame Zeit und die wunderbaren Schmökerstunden mit ihrer Mutter. Doch die Kinderbücher aus der Bibliothek hatten Becky vom ersten Moment an derart in ihren Bann gezogen, dass sie gar nicht mehr aufhören konnte, in den Geschichten zu versinken. Und das tat sie wirklich! Becky tauchte, genau wie ihr Freund Hugo, in die Geschichten ein, träumte sich in fremde Welten, erlebte Abenteuer mit Piraten und Hexen, fuhr auf hoher See oder schwebte mit Drachen über fremde Länder.

„Beeil dich, Becky. So lange haben wir darauf gewartet! Das *Buch der Bücher* kehrt zurück", säuselten, zischten, gurrten und flöteten erneut zahlreiche Stimmen in der Eingangshalle. „Du musst es lesen. Lesen!"

Wie zur Bestätigung strich Hugo vorsichtig über das

Buch in seinem Schoß. Im gleichen Moment schoss die Treppe raketenschnell nach oben. Mit seinem Oberkörper lehnte sich Hugo über das Buch, damit es nicht von seinen Beinen glitt. Beckys Fingerknochen waren kalkweiß, so sehr hielt sie sich am Geländer fest.

Eine Sekunde, zwei, drei ... fünf Sekunden.

Höchstens.

Dann dockte die Treppe am obersten Stockwerk, dem Dachgeschoss, an. Genau vor einer zauberhaft verzierten Holztür.

„Wahnsinn!", meinte Hugo. „Turboantrieb."

„Puuuuuh!" Becky ließ das Geländer los und entspannte ihre verkrampften Finger. Hugo hatte schon die Klinke gepackt und drückte sie energisch hinunter. Mit einem Satz hüpfte Lotti aus Beckys Pullovertasche und raste gemeinsam mit Watson den langen Gang hinunter. Becky, Hugo und die Fellchen folgten. Vor einer breiten Flügeltür warteten die Tiere brav, dass ihnen geöffnet wurde. Doch zunächst hielten Becky und Hugo kurz inne und schnupperten. Feine Duftschwaden krochen unter dem Türspalt hervor.

„Mhmmm. Es riecht nach Abenteuern“, meinte Hugo.

Becky nickte. „Es duftet nach Tannennadeln und ...“, sie hob die Nase, „... und Zuckerwatte. Lecker!“

Gerade als Hugo eine Hand auf den Türgriff legen wollte, wurden beide Flügel weit geöffnet.

„Endlöch! Herr Nase und Igor haben schon beröchtet, dass öhr das Buch gefunden habt. Hereinspazört! Wöllkommen ön der magöschen Böblöothek.“ Ferdinand, der hohle Blechritter, verbeugte sich. Leider ein bisschen zu tief, denn ...

„Ups, jetzt öst mör mein Kopf abgefallen. Wö dumm von mör.“

„Ferdinand!“ Hugo verdrehte die Augen. „Nicht schon wieder!“

„Kein Problem, mein Lieber. Ich helfe dir.“ Becky hatte den Helm vom Boden aufgehoben und drückte ihn vorsichtig auf Ferdinands Rumpf. „Soll ich bei Gelegenheit in Papas Werkzeugkiste nach ein paar Schrauben suchen? Wir sollten deinen Kopf wirklich mal richtig befestigen."

„Löb von dör, Becky." Ferdinand salutierte höflich. „Das hat Graf Bolte vor langer Zeit schon einmal probört. Aber von den Schrauben habe öch Kopfschmerzen bekommen. Öch fürchte, öch muss möt dem Herunterfallen leben."

Es erstaunte Becky immer wieder, dass der Blechritter statt eines *i* immer ein *ö* sagte, ansonsten aber alle Eigennamen völlig fehlerfrei aussprechen konnte.

„Wuff, wuff, geh mal zur Seite, Ferdinand", knurrte Watson. „Du versperrst den Eingang."

Die vier Freunde drückten sich am Blechritter vorbei in die Bibliothek. Die Fellchen schwebten hinterher, hinein in den Bücherhimmel.

4. Kapitel

Niesanfälle und Magie

Ein ganzes Labyrinth von Regalen zog sich durch diesen Teil der großen Schlossbibliothek, gut verborgen unter dem Dach. Deckenhoch standen hier kleine und großformatige, dicke und schmale, in stabile Pappe oder hochwertiges Leder gebundene Kinderbücher. Hölzerne Leitern auf Rollen erstreckten sich an den Bücherborden bis ganz nach oben. Für besonders prachtvolle Werke waren eigens Glasvitrinen aufgestellt. Dort schlummerten farbenfrohe Bilderbücher wie Schneewittchen in ihrer gläsernen Ruhestätte, die ihr die sieben Zwerge gebaut hatten. Passend zu einigen Büchern standen in den Regalen Spielzeuge aus Holz, Plastik, Stoff, Metall oder Ton. Ebenjene Figuren, die zu den Geschichten gehörten: eine Raupe, die sich durch allerhand Früchte fraß. Ein Kerlchen im Taucheranzug mit karottenroten Haaren und winzigen Punkten im Gesicht. Eine Hexe auf einem Besen und ein Räuber mit einem großen Schlapphut.

„Huhu, hier bin ich, hier hinten“, hörten Becky und Hugo eine hohe, vertraute Stimme.

Es war Gräfin Genoveva Känuse von Spisenat, der Bildergeist, der in der hintersten Ecke der Bibliothek auf einem alten Ohrensessel thronte. Hinter ihr hingen Nebelschwaden über den Abteilungen mit den Naturbüchern und den Geschichten von allen möglichen Fabelwesen. Noch immer waren ihre Abteilungsleiterinnen, die drei Buxies und die Fee Glimmeria, von ihrem Besuch in der magischen Welt nicht wieder ins Schloss zurückgekehrt.

„Öch komme, Genoveva!“ Ferdinand stampfte beim Laufen mit seinen Blechschuhen heftig auf den Boden. Im

Licht der wenigen Sonnenstrahlen, die durch die seit Jahren ungeputzten Fenster fielen, tanzten bei jedem Tritt Staubflusen durch die Luft.

„Speckige Spitzmaus, wenn du noch mehr Staub aufwirbelst, Ferdinand, verbanne ich dich aus der Bibliothek", maunzte Pepper. „Hallo, ihr lieben Besucher." Wie ein Geist war der Kater plötzlich aus den Tiefen der Bibliothek aufgetaucht.

Die drei magischen Wesen der Bibliothek waren wieder da: Genoveva, die von Zeit zu Zeit aus ihrem Bilderrahmen stieg. Ferdinand von Schwertfeger, eine lebende Ritterrüstung mit Sprachfehler. Und Pepper, ein rundlicher tintenschwarzer Kater mit einem enormen Durchsetzungsvermögen. Was Pepper sagte, wurde gemacht! Er war der Chef der Truppe. Pepper, Genoveva und Ferdinand waren längst gute Freunde von Becky, Hugo und ihren Tieren geworden. Die drei magischen Wesen wohnten unter dem Dach von Schloss Rosenbolt.

Dort bewachten sie die geheime Kinderbibliothek. Und Becky und Hugo verschlangen daraus ein Buch nach dem anderen, um die Werke vor dem langsamen Zerfall zu retten und weil es ihnen riesigen Spaß machte, in die Geschichten einzutauchen wie in eine Badewanne.

Jetzt starrte Kater Pepper mit großen Augen auf die Fellchen, die mit Becky und Hugo in die Bibliothek geschwärmt waren.

Als die kleinen Insekten Pepper und Genoveva entdeckten, wirbelten sie im Kreis um sie herum und schlugen aufgeregt mit den Flügeln.

„Meine Brumsel", flötete Genoveva entzückt. „Meine geliebten Botschafter aus der magischen Welt. Wie geht es all meinen Freunden dort?"

Das kleinste Fellchen landete in Genovevas Turmfrisur. „Das wissen wir leider nicht. Wir wurden aus dem Buch herausgelesen, genau wie ihr! So, so, so lange waren wir schon nicht mehr in der magischen Welt. Aber schon bald wird Becky, unsere Retterin, das *Buch der Bücher* lesen. Und dann kehren wir endlich wieder heim."

Gerührt wischte sich Genoveva ein paar Tränen aus den Augenwinkeln. Becky beobachtete, wie eine davon auf ein besonders hübsches Fellchen fiel. Dort verwandelte sich die Träne in eine winzige Perle, die sich zwischen den Flügeln des Tieres festsetzte. Einfach magisch!

Genoveva wandte sich Becky, Hugo und deren Haustieren zu. „Guten Morgen, ihr Lieben. Pepper, Ferdinand und ich sind euch so dankbar, dass ihr das *Buch der Bücher* endlich gefunden habt. Wisst ihr, die Bücher, die ihr in eurer Kindheit lest, prägen euch auf ganz besondere Weise. Sie können euch helfen, den eigenen Weg, eure eigene Persönlichkeit zu finden."

Sie streckte ihre zartgliedrigen Hände aus, damit Hugo das Buch hineinlegen konnte. Mit ihren bleichen Fingern strich Genoveva selig über den Einband. Winzige Staubflöckchen lösten sich dabei von dem verzierten Leder und schwebten durch die Luft.

„Haaatschi“, nieste Genoveva. „Ich glaube, ich leide wirklich unter einer grässlichen Stauballergie. Hatschi!“

Pepper schlug gereizt mit dem Schwanz. „Wie oft soll ich es dir noch sagen, Genoveva? Bei der köstlichen Käseecke, magische Wesen können nicht krank werden.“

„Pfff, du bist ein alter Besserwisser, Pepper.“ Sie tätschelte dem Kater liebevoll den Kopf. Dann wandte sie sich wieder Becky und Hugo zu. „Habt ihr schon hineingelesen?“ Die Gräfin strich über die schimmernde Krone auf dem *Buch der Bücher*.

Becky schüttelte den Kopf. „Noch nicht, leider. Und heute Abend haben wir etwas anderes vor. Wir spielen Karten mit Molly und meinem Papa.“

Genoveva klatschte entzückt in die Hände. „Ich liiiiiebe Kartenspielen, das habe ich früher ganz oft gemacht. Vielleicht beobachte ich euch ein bisschen.“

„Und wann lest ihr das *Buch der Bücher*?“, drängelte Pepper. „Kommt ihr morgen wieder in die Bibliothek?“

„Wir wollen ganz früh nach draußen zum Lesen, in den Schlosspark", sagte Hugo schnell. Er machte sich ein bisschen Sorgen, dass Becky zum Schmökern lieber im Schloss bleiben wollte.

„Aber natürlöch", erklärte Ferdinand. „Kein Problem. Wör kennen schlößlöch dö Geschöchte der magöschen Welt. Wör kommen ja von dort." Er lachte scheppernd.

„Ab mit euch, husch, husch! Es ist wunderbar, wenn Eltern mit ihren Kindern Gesellschaftsspiele machen. So lange kann unsere Geschichte noch warten." Genoveva gab Hugo das Buch zurück. „Und sagt uns Bescheid, wenn ihr drin wart ... ähm ... ich meine natürlich, wenn ihr alles gelesen habt."

„Psst, Genoveva! Ich bitte dich, halte dich zurück!" Pepper sah die Gräfin voller Entsetzen an.

Ferdinand tippte sich mit dem Blechhandschuh an

die Stirn. Doch Genoveva nahm keine Notiz von ihnen, auch die Kinder schienen die letzten Bemerkungen gar nicht richtig gehört zu haben. Sie hatten nur das *Buch der Bücher* im Kopf. Becky, Hugo und ihre Freunde waren schon auf dem Weg nach draußen, als Becky sich noch einmal umdrehte.

„Wisst ihr, was ich nicht verstehe?", fragte sie die magischen Wesen. „Wie kann es sein, dass dieses Buch ausgerechnet über meinen Vater den Weg zurück zu euch ... und hin zu uns findet? Das kann doch kein Zufall sein!"

Alarmiert streckte Pepper den Schwanz in die Höhe, Ferdinand hüstelte. Genoveva zog ein Taschentuch aus ihrem Beutelchen und tupfte sich die Stirn.

„Also, wenn du es genau nimmst, liebe Becky", begann die Gräfin, „dann ist es gewiss kein Zufall. Es findet alles seinen Weg und es kommt, wie es kommen soll. Deine Mama Olivia und ihre Freundin waren lange Zeit mit uns magischen Wesen befreundet. Olivia hat uns damals aus dem *Buch der Bücher* herausgelesen, wie ihr wisst. Und obwohl die Freundin deiner Mama längst kein Kind mehr ist, ist sie uns noch immer sehr verbunden. Die liebe B..."

„Genoveva!“ Pepper sprang auf die Lehne von Genovevas Sessel und maunzte ihr ins Ohr. „Denk daran, dass die Kinder alles selbst herausfinden müssen. Becky will Detektivin werden, sie schafft das bestimmt. Also halte dich zurück!“

Ferdinand donnerte sein Schwert auf den Boden. Mit großen Augen sah Genoveva von einem zum anderen. Dann begriff sie endlich.

„Äh … oh … was ich nur immer für einen Unfug erzähle.“ Sie kicherte extra laut. „Du meine Güte, Becky. Da habe ich doch glatt einiges durcheinandergebracht. Husch, husch, raus mit dir. Vergiss einfach, was ich gesagt habe.“

Becky hatte auf einmal das Gefühl, nicht mehr richtig atmen zu können.

Und obwohl die Freundin deiner Mama längst kein Kind mehr ist, ist sie uns noch immer sehr verbunden.

Dieser Satz ließ Becky nicht

mehr los. Ihre Mama hatte eine beste Freundin gehabt, die von den magischen Wesen wusste. Und diese Freundin lebte! Doch wer verbarg sich hinter dieser Person? Zu gern hätte Becky die drei magischen Wesen nach dem Namen gefragt. Aber sie spürte deutlich, dass sie keine Antwort bekommen würde. Außerdem war die Bibliothek plötzlich leer. Pepper, Genoveva und Ferdinand waren verschwunden. Sie hatten sich in Luft aufgelöst.

Im Verborgenen …

Wir sind nun schon so viele Tage in diesem Kerker … allmählich gebe ich die Hoffnung auf Hilfe auf.“ Lady Greenie hatte die dünnen Ärmchen hinter dem Rücken verschränkt und zog kleine Kreise im Raum. Vor lauter Kummer war ihr grünes Blätterkleid an vielen Stellen licht und vertrocknet.

Glimmeria, die hübsche Fee mit den silbernen Haaren und dem zartrosa Kleid, seufzte mitfühlend. Die Buxie-Freundin tat ihr unendlich leid. Entschlossen hob die Fee ihren Zauberstab. „Wenn ich auch leider keine Wunschkugel habe, so kann ich doch immer noch kleine Wunder vollbringen." Sachte tippte Glimmeria auf die trockenen Stellen am Kleid von Lady Greenie. „Es grünt so grün!"

Im gleichen Moment wurden die Blätter wieder saftig und leuchtend, ein sanftes Plätschern war zu hören, als würde Wasser durch das durstige Pflanzenkleid strömen.

„Oh", Lady Greenie atmete tief ein. „Danke dir, Glimmeria. Welch eine Wohltat. Es geht mir gleich viel besser."

„Wunderbar, meine Liebe." Madame Rose strich der Freundin sanft über die Wange. „Tief in mir spüre ich, dass Hilfe unterwegs ist. Egal, wie lange es noch dauern wird. Rettung naht, da bin ich ganz sicher."

„Ich habe solche Sehnsucht nach Genoveva und Pepper und nach unserem stattlichen Freund Ferdinand", flüsterte Lady Botterblom mit brüchiger Stimme. Behutsam zupfte sie ein welkes Blatt aus ihrem Laubkleid. „Ob sie wohl gut auf unsere Bücher aufpassen? Ich darf gar nicht daran denken, dass sich im Moment niemand um unsere Abteilung mit den Naturbüchern und den fabelhaften Geschichten von Glimmeria kümmert."

Die Fee schwebte leicht wie ein Schmetterling durch den kahlen, vergitterten Raum, in dem vier Betten und ein kleiner Tisch mit vier Stühlen standen. „Wir dürfen nicht zulassen, dass die Traurigkeit uns völlig einnimmt. Lasst uns singen, tanzen, fröhlich sein. Vergesst nicht, meine lieben Freundinnen – wir haben uns. Und wir haben Verbündete in der menschlichen Welt."

Madame Rose und Lady Botterblom nickten.

Lady Greenie hingegen sackte unglücklich auf einem Stuhl zusammen. Die Zuversicht der anderen drei magischen Wesen konnte sie nicht wirklich teilen. Mit bekümmertem Blick sah sie zu den Gitterstäben an den Fenstern. „Ach!", wisperte sie und strich sich nachdenklich über ihr frisches grünes Blätterkleid. „Hoffentlich hast du recht, Glimmeria. Hoffentlich können wir uns wirklich darauf verlassen, dass Rettung naht."

5. Kapitel

Kieselsteine und Glubschaugen

Becky konnte Genovevas Worte einfach nicht vergessen. Sie konnte sich nicht einmal richtig aufs Kartenspielen konzentrieren und verlor ständig. Aber das machte ihr nicht viel aus, ganz im Gegenteil. Mit Freude beobachtete sie, wie Hugo seine Glückssträhne in vollen Zügen genoss. Und Hugo freute sich noch mehr darüber, dass Professor Librum ihn für sein Geschick und seine guten Spielzüge immer wieder lobte. Becky wusste, wie viel Hugo das bedeutete. Sein eigener Vater hatte ihn ständig kritisiert, das hatte er Becky an einem der vielen Tage, an denen sie durchs Schloss gestromert waren, erzählt. Becky ahnte, wie sehr das an ihm nagte.

„Es war ein schöner Abend, aber jetzt ist Schlafenszeit“, sagte Professor Librum nach einem Blick auf die Uhr.

Molly stöhnte. „Oje, ich habe völlig die Zeit vergessen. Becky, Hugo, ab ins Bett!“

Als Becky sich an ihrer Zimmertür von Hugo verabschiedete, bestand er darauf, das *Buch der Bücher* mit in sein Zimmer zu nehmen.

„Ich weiß doch, dass du sonst noch heimlich liest, Becky Librum.“ Hugo grinste. „Das würde ich auch zu gern, aber Mama hat mit mir geschimpft, weil sie an den letzten Abenden häufig noch Licht in meinem Zimmer gesehen hat. Heute sollte ich wirklich nicht mehr lesen, auch wenn es sich um das *Buch der Bücher* handelt. Nicht, dass Mama mich noch erwischt. Schlaf gut!"

Das tat Becky. Und sie träumte. Wunderbare, verrückte Träume von der magischen Welt, von Fröschen und Goldkugeln, von Rittern auf stolzen Pferden und Schaukeln, die bis in den Himmel reichten. Und von ihrer Mama, die sie so schrecklich vermisste.

Am nächsten Morgen wurde sie von ohrenbetäubendem Lärm wach. Jemand donnerte wie verrückt an ihre Zimmertür. Becky konnte sich natürlich denken, dass es Hugo war. Sicher hielt er es nicht mehr aus, endlich nach draußen zu gehen und mit dem Lesen zu beginnen.

„Ich hab Croissants dabei und Saft, wir können sofort in den Schlosspark", rief Hugo vor der Tür. „Beeil dich!"

„Ich komme gleich!", gab Becky verschlafen zurück.

Hastig sauste sie in das kleine Bad, das an ihr Zimmer grenzte. Sie streifte Jeans und einen bequemen Kapuzenpulli über und schlüpfte in ihre Turnschuhe.

„Komm schon, Lotti", sagte sie und tippte auf die Bauchtasche ihres Pullovers.

Mit einem Satz sprang das Streifenhörnchen hinein, kuschelte sich an Beckys Bauch und schlief sofort wieder ein. Becky steckte ihre Hand vorsichtig in die Tasche. Liebevoll strich sie dem Streifenhörnchen über das flauschige Fell.

„Dann kann es jetzt losgehen", flüsterte Becky Lotti zu.

Herrlich klar war es draußen, als Hugo, Becky und Watson vor die Tür traten. Die Sonne vergoldete die Umgebung. Ein sanfter Wind wehte den Duft der frisch gemähten Wiesen in die Nasen. Die Luft flirrte vom Summen der Insekten, die sich in diesen letzten Sommertagen noch ordentlich mit Vorräten eindeckten.

„Wuff, wuff." Watson schnupperte. „Es duftet nach Hochsommer, obwohl es die letzten Sonnentage sind."

Hugo nickte. „Und es ist noch megawarm!"

Eilig zog sich Hugo seine Jacke aus, Becky schlüpfte aus ihren Schuhen und stellte sie neben

die Eingangstür. Dabei fiel ihr Blick auf den Türgriff des Schlossportals. Becky hatte ihn schon häufig betrachtet, weil er so ungewöhnlich war. Keine einfache Klinke, sondern ein Löwe, der ein Buch zwischen den Zähnen hielt.

„Papa hat recht gehabt", murmelte sie. „Du passt wirklich genau zu unserem Namen. Aus mir ist doch noch eine echte Becky Librum geworden."

Librum war der lateinische Name für Buch und deshalb eine wunderbare Verpflichtung, darauf hatte Beckys Vater immer viel Wert gelegt. Jetzt erst verstand Becky, was ihr Papa damit sagen wollte. In den vergangenen Wochen hatte sie erfahren, wie unglaublich spannend und faszinierend Bücher waren. Und jetzt also endlich das *Buch der Bücher*!

„Wohin?" Hugo sah Becky auffordernd an. „Zur Bank rund um den Baum oder lieber auf die Wiese?"

Professor Librum hatte am Vortag einige Gärtner bestellt, die den gesamten Schlosspark auf Vordermann gebracht hatten. Die Rosenbüsche waren geschnitten worden, die Wiesen gemäht, die Beete geharkt und an der alten Kastanie war eine neue Schaukel befestigt worden.

Der Schlossgarten sah traumschön aus. Ein Paradies für Kinder und sie waren die Einzigen weit und breit, die es nutzen durften! Die beiden Freunde grinsten.

„Wer zuerst an der Kastanie ist“, schlug Becky vor.

Hugo nickte. „Eins ... zwei ... drei. Los!“

Der Junge stürmte mit dem dicken Buch, den Croissants und dem Saft in der Hand los, nahm immer zwei Treppenstufen auf einmal und raste über die Kiesauffahrt weiter in Richtung Kastanie. Die Fellchen sausten hinterher, denn sie mussten ja in der Nähe des Buches bleiben. Becky versuchte, mit dem Freund Schritt zu halten. In ihrem Körper steckte erstaunlich viel Kraft, aber sie konnte Hugo nicht einholen. Ihr Blick blieb auf einmal an dem Brunnen mit dem Frosch hängen, als sie gerade an dem Rondell im Schlosspark vorbeiflitzte. Irgendwas stimmte an dem Brunnen nicht. Irgendwas war anders.

Becky stoppte so abrupt, dass die kleinen Kieselsteine unter ihren Schuhen zu allen Seiten spritzten.

„Schimmelige Haselnuss, was ist los?“ Lotti streckte verschlafen den Kopf aus Beckys Pullovertasche. „Ich habe mich gerade gefühlt wie in einem Hamsterrad mit Turboantrieb. Ist etwas passiert?“

„Ich weiß es nicht ... irgendwas hat sich verändert.“ Becky schritt langsam um den Brunnen herum.

Eigentlich sah alles aus wie bei ihrer Ankunft im Schloss: Das Wasserbecken war noch immer leer und voller Moos, an einigen Stellen war der Stein abgeplatzt. Auf dem Sockel thronte der Frosch, der wohl vor einiger Zeit aus seinem breiten Maul Wasser ins Becken gespuckt hatte. Und zwischen seinen Froschschenkeln hielt er ...

„O nein!“ Becky schlug eine Hand vor den Mund. „Die goldene Kugel ist kaputt. Der arme Frosch!“

Sie streckte ihre Hand aus und tätschelte dem steinernen Tier sanft den

Kopf. Und in diesem Moment geschah es: Der Frosch blinzelte. Einmal, zweimal, dreimal.

Moment – der Frosch hatte geblinzelt? Becky legte den Kopf schief. Hatte sie sich das gerade nur eingebildet? Aber nein! Noch einmal schloss der Frosch seine Glubschaugen und öffnete sie sogleich wieder.

„Frosch?“, begann Becky mit sanfter Stimme. „Du bist ein magisches Wesen, stimmt’s? Und du kannst mich hören? Ich bin Becky Librum.“

Keine Antwort.

„Vergiss es, der ist stumm“, knurrte Lotti aus den Tiefen der Beuteltasche.

Becky beachtete das brummige Streifenhörnchen nicht. „Ich bin sicher, dass du mich verstehst, Frosch. Hab keine Angst, ich bin auch mit Pepper, Ferdinand und Genoveva befreundet. Und mit Igor und Herrn Nase. Ich weiß, dass es im Schlosspark magische Wesen gibt. Du kannst mir vertrauen. Kann ich dir irgendwie helfen?“

Schweigen.

Becky seufzte tief. „Okay, du brauchst wohl noch ein bisschen Zeit. Vielleicht kann ich dir beweisen, dass ich dir nichts Böses will. Warte mal ..." Sie stieg in den Brunnen und sah sich die Reste der Goldkugel aus der Nähe an. „Also gut. Ich verspreche, dass ich dir eine neue Kugel besorge. Aber dafür wünsche ich mir, dass du mit mir sprichst. Abgemacht?"

Becky sah den Frosch lange an, doch die Steinfigur zeigte nach wie vor nicht die geringste Regung.

„Sag ich doch, der kann nicht sprechen. Froschlangweilig!" Lotti schob den Kopf aus der Pullovertasche. „Und jetzt komm, Hugo und die anderen warten."

Enttäuscht kletterte Becky aus dem Brunnen, stopfte Lotti tiefer in ihre Pullovertasche und rannte los.

Hätte Becky sich noch einmal umgedreht, hätte sie gesehen, dass der Frosch sein Maul gespitzt hatte. Und sie hätte gehört, wie er flüsterte: „Quaaak, quak. Mein Name ist Knacks Frosch. Ich habe dich gehört, Becky. Aber wir kennen uns noch nicht. Komm wieder, ja? Dann können wir uns kennenlernen. Und denk an dein Versprechen."

Becky rannte über die Wiese im Schlosspark, die frisch gemähten Grashalme kitzelten an ihren nackten Füßen.

„Mit einer halben Stunde Verspätung ist endlich auch

Becky Librum am Ziel. Applaus!“, rief Hugo spöttisch, als Becky die Kastanie erreichte. „Tolles Wettrennen, wenn nur einer rennt. Was sollte das?“

„Tut mir leid, Hugo.“ Becky knuffte dem Freund in die Seite. „An der Kiesauffahrt ist mir aufgefallen, dass irgendwas mit dem Brunnen nicht stimmt.“

„Okaaay“, meinte Hugo. „Und?“

Watson wedelte mit dem Schwanz. „Lass mich raten. Er ist voller Würstchen!“

„Quatsch!“ Becky tippte sich an die Stirn. „Es ist *wirklich* etwas passiert. Der Frosch hat keine goldene Kugel mehr, irgendjemand muss sie kaputt gemacht haben.“

„Darüber hat sich Becky dann mit dem Steintier unterhalten“, erzählte Lotti belustigt. „Allerdings war das Gespräch ziemlich einseitig. Der Frosch ist stumm.“

Hugo grinste breit. Doch als er die finstere Miene von Becky sah, tat es ihm schon wieder leid. „Du glaubst, dass der Frosch genauso lebendig ist wie Igor und Herr Nase?“

„Ganz genau." Becky streckte Lotti, die sich inzwischen auf der Bank in der Sonne räkelte, die Zunge heraus. „Ich habe dem Frosch versprochen, ihm eine neue goldene Kugel zu bringen. Keine Ahnung, wie ich das anstellen soll. Aber ich bin sicher, dass er lebendig ist." Sie wandte sich an die Fellchen. „Was sagt ihr dazu?"

Das dickste Fellchen trudelte emsig vor Beckys Nase auf und ab. „Das müsst ihr allein herausfinden! Alle magischen Wesen haben ihr Ehrenwort gegeben, dass sie nur in ganz wichtigen Momenten helfen dürfen. In Ausnahmefällen, sozusagen."

„Wir dürfen keine magischen Wesen verraten. Regel drei in der magischen Welt", flötete ein schimmerndes Fellchen. „Sie geben sich selbst zu erkennen."

„Oder auch nicht." Das kleinste Fellchen kicherte.

„Und das heißt?" Hugo ahnte, dass Becky der Sache mit dem Frosch unbedingt auf den Grund gehen wollte. Nicht umsonst wollte sie später mal eine berühmte Detektivin werden. Das war ihre absolute Leidenschaft. Neben dem Lesen.

Becky schnalzte mit der Zunge. „Ist doch klar, oder? Wir müssen unbedingt einen Weg finden, den Brunnenfrosch zum Reden zu bringen. Ich habe nämlich so ein Bauchgefühl, dass er uns bei unserer wichtigen Mission behilflich sein könnte."

6. Kapitel

Buchfiguren und Ploppser

„Können wir jetzt endlich?" Hugo hatte bereits die erste Seite des *Buches der Bücher* aufgeschlagen. „Willst du vorlesen oder soll ich?"

Die beiden Kinder saßen auf der runden Bank, die vor vielen Jahren um die Kastanie gebaut worden war.

„Fang du an", bat Becky. Sie zog die Beine hoch und lehnte ihren Rücken an den kühlen, zerfurchten Stamm. Ein wohliges Gefühl breitete sich in ihr aus. Vor vielen

Jahren hatte ihre Mama dieses Buch in den Händen gehalten und sie hatte sich damit auf die gleiche Buchreise begeben. In diesem Moment vermisste Becky ihre Mama schrecklich. Gleichzeitig fühlte sie sich ihr aber ganz besonders nah. Es war, als würde ihre Mama sie halten und schützen. Was also konnte passieren?

„Die Geschichte beginnt mit einem Prolog", erklärte Hugo, „also einer Art Vorgeschichte."

Becky grinste. „Komm, Hugo, jetzt haben wir schon so viele Bücher zusammen gelesen. Ich weiß, was ein Prolog ist. Fang endlich an! Ich möchte in die Geschichte eintauchen. Mach schon!"

Hugo räusperte sich. „*Am Ende der verzweigten Gedankenstraßen, hinter den schwarzen Bergen und genau am Meer der Fantasie, beginnt die unendlich große, unfassbar weite, geheimnisvolle magische Welt. Doch wer glaubt, der Weg dorthin sei einfach, der irrt! Wer das Tor zur magischen Welt durchschreiten möchte, muss zunächst den blauen Nebelwald hinter sich lassen. Hütet euch jedoch vor den sieben Räubern, die dort …*"

Becky spürte, dass ihr Herz schneller schlug. Der Duft

von Fichtennadeln und feuchtem Moos stieg ihr in die Nase. Vögel zwitscherten ein vielstimmiges Konzert und irgendwo hämmerte ein Specht an einen Baumstamm. Beckys Po begann auf einmal so sehr zu jucken, als würde sie auf einem Ameisenhügel sitzen. Und als sie die Augen aufschlug, saß sie inmitten von zahlreichen Krabbeltierchen und ungewöhnlich bunten Pflanzen auf einem Waldboden. Ein paar Meter entfernt murmelte ein gletscherblauer Bach, aus dem feine und schimmernde Blasen stiegen. Neben ihr hockte Hugo und sah sich ungläubig in der fremden Umgebung um. Die Fellchen trudelten glücklich durch die Luft. Nicht mehr lang, dann würden die Flugtierchen wieder zu Hause in der magischen Welt sein!

„Wir sind wirklich drin", hauchte Hugo. „In der magischen Welt."

Becky schüttelte den Kopf. „Ich glaube, wir sind erst in der Vorgeschichte. Genau wie du vorhin gesagt hast. Das hier sieht mir nach dem blauen Nebelwald aus."

„Macht Platz, ihr Riesen", grummelte ein Käfer, der eine kleine Lampe auf dem Kopf trug.

Ihm folgte eine blaue Raupe, die einen Koffer mit sich schleppte. „Aus dem Weg, ich muss zu Alice."

„Immer diese Neulinge", tadelte eine meterhohe Blume. „Steht bitte auf, Kinder, sonst sitzt ihr die Ploppser noch platter!"

„Die Ploppser?" Becky erhob sich erschrocken.

Plopp! Plopp! Plopp! Mit einem Geräusch, als würde man den Deckel einer Limonadenflasche öffnen, schob sich mindestens ein Dutzend bunter Pilze in die Höhe. Sie waren wohl unter Beckys Po eingequetscht gewesen. Auch Hugo war eilig aufgestanden und hatte damit zahlreiche Ploppser erlöst. Jetzt entfalteten und streckten sich die Pilze wieder, bis sie den Kindern fast bis zu den Knien reichten.

„Länger hätte ich das nicht ausgehalten", schimpfte ein knallroter Ploppser. „Ihr seid ganz schön schwer!"

„Tut uns leid", erklärte Hugo verlegen. „Wir wollten euch nicht platt drücken."

„Tut uns leid, tut uns leid", hörten Becky und Hugo da

eine mürrische Stimme. „Das sagen sie alle. Aber der Einzige, dem es wirklich leidtut, bin ich. Und *wie* es mir leidtut. Verdammt leid, sehr verflixt leid!“

Hinter einem hellblau-weiß gestreiften Hügel trat ein Kater hervor. Er trug einen Jägerhut, ein rotes Wams mit goldenen Knöpfen und hohe Lederstiefel. Schüchtern wichen die Fellchen vor dem Kater zurück.

„Bist du ...“, Becky legte den Kopf schief, „also ich meine ... du bist doch nicht etwa der gestiefelte Kater?“

„Du bist doch nicht etwa der gestiefelte Kater?“, echote die Katze zurück und stemmte die Pfoten in die Hüften. „Wer soll ich denn sonst sein? Etwa Biene Maja? Der Gurkenkönig? Oder vielleicht der böse Wolf?“

Hugo schluckte. „Fragen darf man doch noch, oder?“

„Fragen, fragen, fragen“, polterte die Katze. „Die Fellchen hätten euch wirklich auf euren Besuch vorbereiten können.“ Er hob tadelnd die Pfote in Richtung der schimmernden Flugtierchen. „Natürlich bin ich der gestiefelte Kater. Und ihr seid Becky und Hugo. So, damit hätten wir die Vorstellungsrunde abgekürzt.“ Er zuckte unruhig mit dem Schwanz. „Ich werde euch in die magische Welt begleiten. Aber warum kommt ihr so spät? Ihr solltet längst ..."

Vom Bach her erklang plötzlich weit entfernter Kanonendonner. Erst war es nur ein leiser Ton, dann wurde er immer lauter und schwoll zu einem dumpfen Knall an. Ungläubig beobachteten Becky und Hugo, wie ein kniehohes Piratenschiff auf dem Bach auftauchte. Auf Höhe von Beckys und Hugos Füßen hielt es an. Ein kolossal dicker Piratenkapitän mit einem Holzbein, Augenklappe und Säbel sprang von Bord, gefolgt von einer kleinen Hexe auf einem Besen. Auf ihrer Schulter saß ein Rabe.

„Beim Pottwal! Becky und Hugo", donnerte der Pirat. „Gut, dass wir euch endlich hier aufgabeln. Keine Zeit für lange Reden. Ihr kennt uns nicht, aber wir kennen euch. Ich bin Kapitän Krummsäbel ..."

„Und du bist doch die kleine Hexe mit dem Raben Abraxas, stimmt's?", platzte es aus Becky heraus.

Die kleine Hexe kicherte vergnügt. „Nicht ganz. Das ist meine Cousine dreiundzwanzigsten Grades. Wir kleinen Hexen sind uns alle irgendwie ähnlich. Mein Rabe heißt Figaro. Er hat vorhin übrigens eine kleine Erkundungs-

runde gedreht und schlechte Nachrichten mitgebracht." Die kleine Hexe machte ein betrübtes Gesicht. „Wir müssen euch warnen. Die sieben Räuber sind schon unterwegs. Das riecht eindeutig nach Ärger."

„Verfluchte Ganoven! Die werfe ich am besten gleich den Haifischen zum Fraß vor!" Kapitän Krummsäbel hieb mit seinem Säbel in die Luft. „Die böse Königin hat sie geschickt. War ja klar! Sie will nicht, dass jemand die magische Welt betritt. Ihr müsst euch verstecken."

„Wie bitte?" Das dickste Fellchen schwebte neben den Piraten. „Was ist in der Zwischenzeit passiert?"

„Ich verstehe auch nur Bahnhof!“ Becky rümpfte ihre Nase. „Die *böse* Königin? Ihr meint aber nicht die freundliche Königin der magischen Welt, oder? Zumindest wurde uns erzählt, dass sie überaus gütig ist.“

„Haha, hoho, ha! Guter Witz. Das war sie früher einmal, aber das ist lange vorbei“, knurrte der Kapitän. „Beim Klabautermann, diese Königin lässt euch nicht einfach so in die magische Welt hineinspazieren.“

„Aber wir müssen Glimmeria und die Buxies finden. Kennt ihr sie? Geht es ihnen gut?“, fragte Hugo.

„Miauuuu!“ Der gestiefelte Kater jaulte auf. „Wisst ihr denn nicht, dass sie im Gefängnis sitzen?“

„Eingekerkert. Bei Wasser und Brot“, polterte Kapitän Krummsäbel. „Schleimiges Seeungeheuer, da kommen sie so schnell nicht mehr raus!“

„Wie schrecklich“, wisperte das kleinste Fellchen und versteckte sich blitzschnell in Hugos Haaren. „Ich bin gar nicht mehr da. Bin ganz weg. Niemand kann mich sehen.“

„Habt ihr den verzauberten Schlüssel dabei?“ Die kleine Hexe lächelte. „Dann wird es trotzdem gelingen. Krummsäbel und ich halten die Räuber auf.“

„Den Schlüssel?“ Beckys Stimme zitterte.

„Welchen Schlüssel?“, echoten die Fellchen im Chor.

Die kleine Hexe, Kapitän Krummsäbel und der gestiefelte Kater tauschten vielsagende Blicke aus.

„Mast- und Schotbruch! Ihr habt ... keinen Schlüssel?“ Der Piratenkapitän atmete scharf ein und aus.

„Wisst ihr denn nicht, dass die Königin das Tor zur magischen Welt verschlossen hat?“, rief die kleine Hexe verzweifelt. „Aber all die Wesen warten dort auf eure Hilfe. Ihr braucht den verzauberten Schlüssel!“

Der gestiefelte Kater packte je eine Hand von Becky und Hugo und zog sie hinter sich her auf den gestreiften Hügel. „Seht ihr? Dort, hinter der hohen Mauer? Dort beginnt das Reich der Königin. Die weite magische Welt.“

„Aha.“ Hugo biss sich auf die Unterlippe. „Also ist das hier noch nicht die ... äh ... magische Welt?“

„Das ist doch nur der blaue Nebelwald. Verfluchtes Räuberland“, erklärte Kapitän Krummsäbel.

Becky verdrehte die Augen und sah ihren Freund an. „Hab ich dir doch gesagt, Hugo. Vorhin hast du mich noch gefragt, ob ich weiß, was ein Prolog ist. Aber du willst ja immer alles besser wissen. Es ist eben noch nicht die eigentliche Geschichte!"

„Seht genau hin!" Auf ihrem Besen schwebte die kleine Hexe neben den Kindern und deutete nach vorn. „Dort hinten gibt es all das, was spannende und abenteuerliche, fröhliche und traurige Geschichten ausmacht! Schlösser und Königreiche. Drachen, Riesen und Einhörner. Ritter und Feen und noch viel mehr Hexen. Dunkle Moore, helle Lichtungen, tiefe Täler und bunte Sommerwiesen. Träume und Schäume und jede Menge Fantastisches."

Der gestiefelte Kater riss sich den Hut vom Kopf und trampelte darauf herum. „Aber ohne Schlüssel kein Reinkommen. Keine Hilfe. Gar nichts."

„Die magischen Wesen brauchen euch. Unsere Welt wird immer düsterer." Die kleine Hexe sauste auf Beckys Handfläche und umklammerte ihren Daumen. „Bitte! Findet den verzauberten Schlüssel. Er öffnet euch das Tor zur magischen Welt. Sucht euch Hilfe bei den Kindern, die schon hier waren. Beeilt euch und kommt so schnell wie möglich wieder. Andernfalls ..."

Klatsch!

In diesem Moment spürte Becky einen heftigen Schmerz an ihrem rechten Bein. „Autsch!", rief sie. Sie ballte die rechte Hand mit der kleinen Hexe darin zur Faust, mit der linken griff sie nach Hugos Hand. „Was war das?"

Dunkelblaue Nebelschwaden verhüllten auf einmal Beckys Sicht. Einen Wimpernschlag später herrschte Finsternis. Dunkelheit. Tintenschwarze Nacht.

Becky kniff die Augen fest zusammen, öffnete sie langsam wieder und erwachte wie aus einem Traum. Über ihr rauschten die Blätter der alten Kastanie, ein frischer Spätsommerwind pfiff ihr um die Nase, sie war wieder im Park von Schloss Rosenbolt. Und in ihrer Handfläche lagen ... die kleine Hexe samt Besen und der Rabe Figaro! Die Hexe war wohl von ihrem Fluggerät gepurzelt, rappelte sich gerade auf, packte den Raben und setzte ihn wieder auf ihre Schulter. Hugo, der in unmittelbarer Nähe zu Becky auf dem Boden kauerte, beobachtete die Szene etwas ungläubig. Das *Buch der Bücher* war von Hugos

Schoß auf den Boden geglitten. Direkt vor die Pfoten von Watson und Lotti. Das Streifenhörnchen hatte sich hinter seinem tierischen Freund versteckt, ein kleines Fellchen klebte zwischen ihren Ohren. Bei der Rückkehr aus dem Nebelwald war es nicht wie die anderen in Windeseile in das *Buch der Bücher* zurückgeflogen, sondern hatte sich in Hugos Haaren verborgen und war jetzt auf Lotti geschleudert worden. Watson lauerte mit hocherhobener Rute neben einem Ball. Einem Fußball!

„Wau, wau, wuff! Grrrr", knurrte er.

In einiger Entfernung stand ein Junge und blickte sie unsicher an. Er war ungefähr so alt wie Becky und Hugo, hatte strubbelige strohblonde Haare, trug ein T-Shirt, Jeans und Fußballschuhe.

„'tschuldige, das wollte ich nicht", murmelte er. „Ich hatte auf die Kastanie gezielt und euch gar nicht gesehen. Sonst ist hier nie jemand, ich bin immer allein in diesem Schlosspark." Er zeigte auf Beckys Unterschenkel. „Der Schuss war ziemlich hart. Tut's sehr weh?"

„Geht schon." Becky biss die Zähne zusammen. „Dann hast du uns also aus der Geschichte geschossen ... ähm, ich meine ... du hast mich beim Geschichtenlesen getroffen. Gibt bestimmt einen fetten blauen Fleck." Ohne den Jungen aus den Augen zu lassen, griff sie unbemerkt nach der kleinen Hexe und stopfte sie samt Raben und Besen in ihre Pullovertasche. „Psst", flüsterte Becky der kleinen Hexe zu. „Seid bitte ganz still!"

„Redest du mit mir?" Der Junge holte tief Luft. „Ich würde näher kommen, aber ... äh ... könnt ihr den Köter festhalten? Bevor der meinen Ball zerbeißt? Oder mich."

„Watson, Platz", befahl Hugo. „Keinen Ton mehr. Und Lotti auch nicht."

Hugo zwinkerte den Tieren verschwörerisch zu, damit sie auf gar keinen Fall losplapperten. Der fremde Junge

sollte schließlich nicht mitkriegen, dass Lotti und Watson sprechen konnten. Und auch nicht, dass sich in Beckys Pullovertasche gerade ein magisches Wesen befand. „Das ist übrigens kein Köter, sondern mein Hund. Klar?"

Watson knurrte noch einmal grimmig. Dann setzte er sich, behielt den Jungen aber fest im Blick.

„Wer bist du eigentlich?" Hugo hatte den Fußball gepackt. „Und was willst du hier? Der Park gehört zum Schloss. Das ist kein Fußballplatz."

Die Miene des Jungen verfinsterte sich. „Suchst du Streit, oder was? Da habe ich keinen Bock drauf. Schon gar nicht, wenn einer einen Hund hat. Das ist unfair."

Hugo zuckte mit den Schultern. „Kann ich doch nix für, dass du keinen hast. Und ich kann es auch nicht ändern, wenn mein Hund gerade großen Appetit hat."

„Pfff", schnaubte der Junge. „Wenn du gegen mich antreten willst, dann beim Fußballspielen. Da kannst du ja zeigen, was du draufhast. Oder ob du ein Loser bist."

Hugo ballte die Fäuste. „Ich lasse mir ganz bestimmt nicht nachsagen, dass ich ein Verlierer bin."

Ungläubig starrte Becky zwischen Hugo und dem Jungen hin und her. So aufgebracht hatte sie ihren Freund noch nie erlebt.

„Spinnt ihr? Was für eine bescheuerte Diskussion führt ihr da gerade? Ihr kennt euch doch gar nicht.“ Sie nickte dem Jungen zu. „Ich heiße Becky, die alte Motzgurke neben mir ist Hugo. Wir wohnen beide im Schloss Rosenbolt. Und du?“

In der magischen Bibliothek …

Öch hab doch geahnt, dass das örgendwann passört. Becky und Hugo haben ein anderes Könd getroffen … und wör sönd vergessen." Ferdinand drückte seinen Blechkopf an die Fensterscheibe und sah hinaus in den Schlosspark. „Jetzt spölen sö auch noch zusammen Fußball. Seht euch das an! Das öst unser Ende."

Genoveva tätschelte dem Blechfreund sachte den Rücken. „Mein lieber, guter Ferdinand. Was machst du dir nur für Sorgen? Becky und Hugo tun genau das, was Kinder machen sollen. Sie schließen Freundschaften und amüsieren sich." Die Gräfin warf einen kurzen Blick aus dem Fenster. „Seht doch nur, wie eifrig sie dem Ball hinterherlaufen. Wie herrlich, dass Becky einfach mitspielen kann. Das wäre zu meiner Zeit gar nicht denkbar gewesen. Wir mussten immer diese ausladenden Roben tragen, dazu hohe Schuhe und Perücken auf dem Kopf. Ach, wie wunderbar sie zusammen spielen. Das ist doch entzückend!"

„Entzückend? Miauuuu!", jammerte Pepper. Er war auf einen Stuhl gehüpft, den Ferdinand freundlicherweise vors Fenster gerückt hatte. Mit seinen Vorderpfoten kratzte der Kater beunruhigt an der Scheibe. „Das *Buch der Bücher* liegt völlig unbewacht auf der Bank unter der Kastanie. Ach du fette Spitzmaus, wenn es jemand klaut? Ich darf gar nicht darüber nachdenken!"

„Öch eile hönaus und verteidöge das Buch möt meinem Schwert!" Ferdinand beugte sich vor, um seine Waffe, die er auf dem Parkett abgelegt

hatte, aufzuheben. „Komm schon her, du verflöxtes Döng, sonst ... ups ... Verzeihung, jetzt öst mör mein Kopf heruntergefallen.“ Ein Poltern erfüllte den Saal und Ferdinands Helm rollte scheppernd über den Boden.

„Immer dieser Blechkopf! Das darf doch nicht wahr sein“, schimpfte Genoveva mit ihrer hohen, leicht fiepsigen Stimme. „Wenn uns der Junge da draußen hört! Ferdinand, du weißt doch, dass nicht jeder von uns erfahren darf.“

„'tschuldögung“, nuschelte der Ritter. „Peinlöch, peinlöch. Ömmer verlöre öch meinen Kopf. Aber ...“, er drückte den Helm kräftig auf die Rüstung, packte sein Schwert und reckte es in die Höhe, „jetzt bön öch wöder vollständig. Auf ön den Kampf!“

Gerade wollte Ferdinand lospoltern, da hielt Genoveva ihn an seinem metallenen Handschuh fest. „Immer langsam mit den jungen Pferden, mein werter Herr. Was, bitte schön, gedenkst du dort draußen zu tun? Ein Kind mit deinem Schwert beeindrucken? Lautstark über den Rasen klappern, damit dich jeder sieht? Professor Librum zum Beispiel oder Hugos Mutter?“ Sie hob tadelnd den schmalen Zeigefinger. „Kinder müssen spielen, Ferdinand. Sie können nicht den ganzen Tag nur lesen."

„Echt nöcht?" Ferdinand klappte sein Visier auf und zu. „Und warum, wenn öch fragen darf?"

Pepper maunzte ungehalten. „Das möchte ich auch mal wissen. Das kommt mir maunzig komisch vor."

Genoveva lächelte ihre beiden Freunde an. „Wer Bücher liest, kann in die Geschichten hineinspringen und großartige Abenteuer erleben. Doch jedes Kind auf dieser Welt braucht auch Freunde, mit denen es spielen und seine Freude teilen kann."

„Und möt denen es lesen kann", schob Ferdinand ein.

Genoveva tupfte sich mit einem Spitzentaschentuch die Stirn ab. „Herrje, natürlich auch lesen. Aber meine Lieben, bedenkt doch, dass eine Freundschaft der drei Kinder auch großartige Chancen bietet."

„Hä?", platzte es aus Ferdinand heraus.

„Hä?", wiederholte Pepper verständnislos.

„Ts, ts, ts. Das heißt nicht *Hä,* sondern *Wie bitte.* Ich möchte doch sehr bitten, meine Herren. Vergesst nicht euren Anstand und eure Würde." Genoveva zog einen

Fächer aus der Tasche und wedelte sich anmutig Luft zu. „Außerdem sitzt ihr heute wirklich auf der Leitung. Je mehr Kinder sich mit Becky und Hugo anfreunden, desto mehr wenden sich womöglich auch den Büchern zu. Ich bin sicher, dass unsere beiden kleinen Helden den Jungen von ihrer Leidenschaft und ihrer Begeisterung überzeugen könnten."

Pepper und Ferdinand drückten gleichzeitig ihre Köpfe an die Scheibe.

„Maunzig klug gesprochen, Genoveva. Du bist viel schlauer als wir", gab Pepper zu.

„Na ja. Völlöcht als du, kleiner Kater", korrigierte Ferdinand. „Öch habe eigentlöch gleich erkannt, dass der Junge ... ganz rötterlich aussöht."

Genoveva sagte nichts mehr, sondern lächelte nur milde vor sich hin.

7. Kapitel

Vergangenheit und Gegenwart

Der Junge hieß Ben. Er war elf Jahre alt und wohnte in Bolte. Dem Ort, in dem auch die Universität war, an der Beckys Vater lehrte. Es stellte sich heraus, dass Ben schon seit langer Zeit zum Kicken in den Park von Schloss Rosenbolt kam. Bisher hatte das auch niemanden gestört, denn abgesehen von den Gärtnern, die hier gelegentlich mähten und Bäume und Büsche in Form schnitten, war nie jemand hier gewesen.

Nachdem Becky, Hugo und Ben sich zunächst zögerlich angenähert und dann eine ganze Weile gemeinsam im Schlosspark Fußball gespielt hatten, saßen die drei nun völlig erschöpft im Kreis unter der großen Kastanie. Das Eis war gebrochen.

Gebannt hörte Ben zu, wie Becky und Hugo von ihrem Einzug und den ersten Wochen im Schloss erzählten. Die zahlreichen magischen Wesen ließen die beiden natürlich weg.

„Wie cool, dass ihr hier wohnt! Ich wusste zwar, dass ein alter Professor hier einzieht ...“ Ben kratzte sich am Kopf, „... also ich konnte mir ... ich konnte mir nicht vorstellen, dass so ein Professor ein Kind hat. Überhaupt hatte ich keine Ahnung, dass Kinder hier eingezogen sind, sorry!“ Ben seufzte. „Meine Tante hat mir erzählt, dass sie früher häufig im Schloss war. Alle Kinder aus Bolte kamen zum Spielen hierher. Der Graf hatte wohl 'ne Bücherei, in der sie was ausleihen durften.“

Becky und Hugo sahen sich verschwörerisch an.

„Eine Kinderbibliothek“, sagte Hugo vorsichtig. „Mit irre vielen tollen Büchern. Liest du gern?“

Ben zuckte mit den Schultern. „Meine Eltern sind nicht so die Leseratten. Aber meine Tante schenkt mir Bücher, wenn sie mal bei uns vorbeischaut. Passiert allerdings selten, weil sie so viel arbeitet. Zu meinem Geburtstag und zu Weihnachten bekomme ich aber jedes Mal einen Krimi oder Schulgeschichten von ihr. Die finde ich ganz okay."

„Die Tante oder die Bücher?", wollte Hugo wissen.

Ben lachte. „Beide."

„Vielleicht könnten wir ja mal zusammen ...?", begann Becky.

Aber Ben hatte ihr gar nicht zugehört. Er dachte immer noch über das Leben im Schloss nach. „Echt abgefahren! Ich wusste nicht, dass da 'ne richtige Familie drin wohnen kann. Sieht von außen auch ganz schön baufällig aus ..." Er sah Becky und Hugo entschuldigend an. „Ihr habt es echt gut. So, wie ihr davon erzählt, würde ich auch sofort einziehen!"

Becky war Bens Blick gefolgt. Genau in diesem Moment tupfte die Mittagssonne zahlreiche Lichtflecke auf das Schloss. Die Fensterscheiben glänzten verwunschen, die beiden mannshohen Steinfiguren am Eingangsportal begannen zu leuchten. Schloss Rosenbolt sah wie verzaubert aus. Efeu war die Schlossmauer bis unters Dach hinaufgekrabbelt und hatte sich dort festgesetzt. Als Becky Richtung Dachgeschoss spähte, fielen ihr an einem der Fenster Bewegungen auf. Ein paar Schatten, die an der Scheibe vorbeihuschten. Die magischen Wesen! Genoveva, Pepper und Ferdinand warteten sicher schon ungeduldig, wie es Becky und Hugo mit dem *Buch der Bücher* ergangen war. Auch die Hexe schien endlich wieder aus Beckys Pullovertasche rausgelassen werden zu wollen. Zum wiederholten Mal trat sie mit ihren kleinen Stiefelchen gegen Beckys Bauch.

„Autsch!“, platzte es aus Becky heraus. Sie warf Hugo einen flehenden Blick zu. „Lass uns zurück ins Schloss gehen. Es ist längst Zeit zum Mittagessen.“

„Jetzt schon?“, erwiderte Hugo.

Er genoss es, draußen zu sein. Nachdem er beim gemeinsamen Kicken festgestellt hatte, dass Ben ganz nett zu sein schien, hatte er dem Jungen ein paar Leckerlis in die Hand gedrückt. Damit hatte Ben auch Watson für sich begeistern können. Lotti hatte sich auf einen Ast der mächtigen Kastanie verkrümelt. Sie war beleidigt, weil sie nicht sprechen und somit auch nicht fragen durfte, wie Beckys und Hugos Ausflug in die magische Welt gewesen war. Dabei platzte sie vor Neugier!

Ben sah auf seine Armbanduhr. „Noch eine halbe Stunde, okay? Dann muss ich sowieso los."

Becky fasste in ihre Pullovertasche und stupste die kleine Hexe behutsam an. „So lange halten wir das alle noch aus und benehmen uns, klar?!"

Ben sah Becky irritiert an, sagte aber nichts.

„Ich muss mich mal ein bisschen bewegen." Pfeifend stand Becky auf, schlenderte zur nahen Schaukel, die an einem kräftigen Ast der Kastanie angebracht war, und setzte sich darauf. Sie holte Schwung, stieß sich ab und sauste durch die Luft. Vor und zurück, zurück und vor. So leicht und frei kam sich Becky dabei vor, dass sie vor Glück jauchzte. Immer höher schaukelte sie, dem Himmel entgegen.

„Jetzt bin ich dir ganz nahe, Mama", wisperte Becky leise. „Ich vermisse dich."

Die Geschichte von Genoveva schoss ihr in den Kopf, die Geschichte von ihrer Mama und der Freundin. Wie hieß sie noch mal? Becky dachte nach. Einen Namen mit *B* hatte Genoveva genannt. Becky überlegte. Bettina oder Bella? Badra, Babett oder Bille? Oder vielleicht Bagda? Ein Mädchen mit diesem Namen war mal in ihrer Klasse gewesen. Oder hieß die Freundin ihrer Mama Bea oder Beate? Becky schaukelte und blickte nach oben. Über ihr breitete sich ein dichtes Dach aus dunkelgrünen Blättern aus, gespickt mit zahlreichen Kastanienfrüchten in ihren stacheligen Hüllen. Sie blickte nach rechts, zum breiten Stamm der Kastanie. Wie alt der mächtige Baum wohl war? Und wie faltig und knorrig seine Rinde war. Ganz zerfurcht und ... was war das? Becky rammte ihre Füße in den Boden, hielt damit die Schaukel an, lief zum Baum, stieg auf die Bank und stellte sich auf die Zehenspitzen. Da sah sie es: In die Rinde war ein großes Herz eingeritzt, darin standen zwei Namen. *Olivia und Beatrice.*

„Hugo", rief Becky mit krächzender Stimme. „Komm schnell, ich muss dir was zeigen."

Behutsam fuhr Becky mit dem Zeigefinger die ge-

schnitzten Linien entlang. Mit einem Mal hatte sie einen Kloß im Hals. Wenn es wirklich stimmte, waren das hier der Name ihrer Mama und der ihrer Freundin. Und diese Freundin wusste von den magischen Wesen …

Hugo und Ben schlenderten zur Kastanie. Als Hugo die eingeritzten Namen entdeckte, wusste er sofort, worauf Becky hinauswollte.

„Das müssen die Namen sein, von denen Genoveva gesprochen hat. Olivia, also deine Mama, ist ja klar. Und Beatrice muss ihre Freundin gewesen sein."

„Wer ist Genoveva?“, wollte Ben wissen. „So heißt doch heute kein Mensch mehr! Das ist ein uralter Name.“

Hugo lief paprikarot an, als er seinen Fehler bemerkte. Am liebsten hätte Becky ihm gegen das Schienbein getreten. Aber dafür war es zu spät.

„Das ist ... äh ... eine Figur aus einer Geschichte“, stammelte sie. Und das war nicht mal gelogen. „Aus einem Buch, das Hugo und ich gerade gelesen haben ... oder lesen wollten ... na ja, auf jeden Fall taucht Genoveva da auf und ...“ Becky zögerte. Sie wusste nicht mehr, was sie sagen sollte.

Ben runzelte die Stirn. „Verstehe.“

„Ich kenne leider keine Beatrice“, überlegte Hugo. „Der Name klingt auch ziemlich uncool, oder? Ich meine, in unserem Alter heißt ja wohl niemand mehr so.“

„Nicht so alt wie Genoveva.“ Ben lachte. „Meine Tante heißt Beatrice. Beatrice Schnabel. Ihr wisst schon, die, die gerade so viel zu tun hat und mich selten besucht.“

Beatrice Schnabel? In Becky begann es zu arbeiten. Irgendwo hatte sie diesen Namen schon einmal gehört. Oder gelesen? Verflixt, wo und wann war das bloß? Becky spürte, dass die Lösung zum Greifen nahe war – sie musste das Puzzle nur noch richtig zusammensetzen.

„Was überlegst du?" Hugo legte Becky eine Hand auf die Schulter. „Man kann dir richtig ansehen, wie es in deinem Hirn rattert."

Becky nickte und ... da fiel es ihr auf einmal ein. „Der Willkommensgruß der Sekretärin", rief sie aus. Und zu Ben gewandt: „Sag mal, arbeitet deine Tante an der Uni? Ist sie die Sekretärin meines Papas?"

Ben nickte. „Klar. Ich ... äh ... ich dachte, ihr kennt sie. Sie war doch früher so oft hier in Schloss Rosenbolt."

„Also zumindest nicht, seit wir hier wohnen." Becky zwinkerte Hugo zu. „Aber dieser entscheidende Hinweis ist auf jeden Fall superspannend, Ben. Danke."

8. Kapitel

Luftschlangen und Diskussionen

Becky und Hugo verabredeten sich für den nächsten Nachmittag wieder mit Ben im Schlosspark. Fast ein wenig erleichtert beobachtete Becky, wie der Junge am Rand des Parks verschwand. Endlich konnten sie in die magische Bibliothek aufbrechen und Genoveva, Ferdinand und Pepper von ihrem gescheiterten Versuch, in die magische Welt zu gelangen, berichten. Aber zuvor musste Becky mit Hugo, Lotti und Watson allein sprechen.

„Wie findet ihr ihn?“ Becky blickte ihre Freunde an, während sie in der großen Eingangshalle von Schloss Rosenbolt standen.

„Erst fand ich ihn total bescheuert. Aber dann ...“ Hugo schnalzte mit der Zunge. „Ich hab total Lust, morgen wieder zu kicken. Das hat mir richtig gefehlt ...“

„Ach“, meinte Becky spitz, „dann hast du dich mit mir und den Büchern gelangweilt!?“

Bevor Hugo antworten konnte, ergriff Watson das Wort: „Ich glaube nicht, dass ihr euch für das eine oder das andere entscheiden müsst. Es geht beides.“

„Ich weiß nicht, ob Hugo das auch so sieht.“ Becky sah den Freund auffordernd an.

„Klar“, sagte Hugo leichthin.

Doch Becky spürte, wie sich ein fieses Gefühl in ihr ausbreitete. Eifersucht. Sie konnte nichts dagegen tun.

„Welche Treppe sollen wir ...?“, begann Hugo, als sich die Strickleiter, die aus einem Loch an der Decke baumelte, bereits verlängerte und schließlich bis zum Boden der Eingangshalle reichte.

„Los, komm, Becky!“ Hugo klemmte sich das *Buch der*

Bücher unter den Arm. Mit der einen Hand hielt er sich an der Strickleiter fest, mit der anderen packte er Watson.

Becky fischte die kleine Hexe und Figaro aus ihrer Pullovertasche, um ihr noch schnell ein bisschen Luft zu verschaffen. „Gleich sind wir in der magischen Bibliothek. Dann lasse ich euch raus. Versprochen."

Doch die kleine Hexe war viel zu aufgebracht, um sich von Beckys Worten beruhigen zu lassen.

„Das würde dir so passen, Mädchen!", quiekte sie verärgert.

Gerade wollte sie ihren Zauberstab zücken, um Becky eine lange, hässliche Nase anzuhexen, da griff Lotti ein. Sie hatte sich von Beckys Schulter gehangelt und umfasste den Zauberstab mit beiden Pfoten.

„So, jetzt mir hör mal, du Warzentante", zischte das Streifenhörnchen. „Nicht genug, dass du mir meinen kuscheligen Platz in Beckys Pullover weggeschnappt hast. Jetzt willst du meine Freundin auch noch verhexen?" Lotti fletschte ihre Zähne. „Das ist so fies von dir. Becky will dich nur beschützen. Dich und deinen schwarzen Wellensittich. Also lass sie gefälligst in Ruhe."

Watson kläffte beeindruckt. „Du cooles Hörnchen!“

Auch Becky und Hugo mussten kichern.

„Figaro ist kein Wellensittich, sondern ein Rabe.“ Die kleine Hexe blickte Lotti an. „Krötenei und Läusedreck, du hast ja recht. Ich war nur so ... so stinkig, weil ich die ganze Zeit über gar nichts sehen konnte. Tut mir leid. Bekomme ich meinen Hexenstab zurück?“

Großzügig reichte Lotti ihr das Zauberutensil. Becky kraulte ihrem Streifenhörnchen sanft den Bauch.

„Können wir jetzt endlich?“, drängte Hugo.

Kaum hatte Becky genickt, sauste die Strickleiter in die Höhe. So schnell wie bei einem Trapezkünstler im Zirkus. Becky und Hugo hörten, dass die Steinfiguren im Treppenhaus wieder zu flüstern begonnen hatten:

„Becky, Bücherheldin. Beeil dich! Die magische Bibliothek braucht dich.“

In atemberaubendem Tempo hielt die Strickleiter genau vor der hölzernen Tür zum Dachgeschoss. Sekunden später standen die zwei Kinder mit ihren Haustieren, den Fellchen, die um das Buch herumschwebten, der kleinen Hexe und ihrem Raben in Beckys Pullovertasche vor der Bibliothek. Und auch das Fellchen in Hugos Haaren war mit von der Partie.

An der Tür wurden sie bereits von Genoveva, Ferdinand und Pepper erwartet. Die drei magischen Wesen hatten zahlreiche Luftschlangen in der Hand, die sie beim Eintreffen der Kinder zu bunten Papierkringeln pusteten.

„Tadaaaa! Willkommen zu Hause“, flötete Genoveva. „Liebe Glimmeria, liebe Buxies, wie sehr habe ich euch vermisst.“

„Und öch erst.“ Ferdinand trampelte mit seinen Blechschuhen aufs Parkett. „Öch bön so aufgeregt.“

„Traut euch herein, magische Freunde“, maunzte Pepper. „So lange seid ihr schon nicht mehr hier gewesen.“

Unglücklich betraten Hugo, Becky, Watson und Lotti den Raum.

„Aber … aber wo sind denn unsere herzallerliebsten

Freunde?“ Genoveva erhob den Zeigefinger. „Ich verstehe, ihr kleinen Schelme. Unsere Freunde wollen sich noch etwas Zeit lassen, um die Spannung zu erhöhen.“

„Stömmt's, Könder?“ Ferdinand sah Becky und Hugo erwartungsvoll an.

Pepper merkte als Erster, dass irgendwas nicht stimmte. „Oder … oder ist etwas schiefgelaufen?“ Der Kater hielt inne. Die Stimmung war auf einmal sehr gedrückt. „Habt ihr … Glimmeria und die Buxies … habt ihr gar kein magisches Wesen … aus unserer Welt herauslesen können?“

„Doch!“ Die kleine Hexe krabbelte aus Beckys Pullovertasche, ließ sich auf ihren Besen plumpsen, setzte sich Figaro auf die Schulter und schoss durch den Raum. „Juhu, endlich wieder fliegen!“

„Kleine Hexe!“, rief Genoveva erfreut. „Dann hat das Herauslesen ja doch geklappt.“

„Ausgerechnet bei dir“, knurrte Pepper und sträubte das Fell.

Die kleine Hexe landete sanft neben dem Kater. „Wie schön, dass du mich nicht vergessen hast, schwarzes Katerchen. Bist du mir etwa immer noch böse, dass ich dir damals einen Gänseschnabel statt einer Kuchengabel gehext habe? Ich bin doch noch eine ganz kleine Hexe und kannte früher längst nicht alle Hexensprüche, Pepper.“

„Fette Spitzmaus, das ist nun hoffentlich anders.“ Pepper schnurrte. „Willkommen, kleine Hexe.“

„Wöso böst *du* hör, aber dö andern nöcht?“, wollte Ferdinand wissen. Seine Rüstung war über und über mit Luftschlangen behängt.

Die kleine Hexe schwirrte mit ihrem Besen vor Genoveva, Pepper und Ferdinand umher. „Becky und Hugo haben alles richtig gemacht. Leider ist trotzdem einiges schiefgelaufen. Aber jetzt lasst sie erst mal erzählen!“

„Was war los? Wie war es? Was habt ihr erlebt?“, wollte Lotti ungeduldig wissen. „War es schön in der magischen Welt? Und wieso seid ihr schon wieder zurück? Hui, das ging ja streifenhörnchenschnell und …“

„Lotti! Wuff, wuff", knurrte Watson. „Du altes Plappermaul. Jetzt lass die beiden endlich zu Wort kommen."

Behutsam legte Hugo das *Buch der Bücher* auf einem weichen Kissen, das Ferdinand extra aus einer der Vitrinen geholt hatte, ab. Wenig später hatten Becky und Hugo jede klitzekleine Kleinigkeit von ihrem Versuch, die magische Welt zu erobern, erzählt. Die magischen Wesen waren erschüttert und tieftraurig.

„Ich hätte nie gedacht, dass unsere Königin sich so verändern würde", fauchte Pepper. „Wie kann sie es wagen, Glimmeria und die Buxies ins Gefängnis zu werfen? Es gibt kaum freundlichere Wesen als diese vier. Miauuuuu!"

Genovavas Haut war bleicher als Milch. „Meine lieben Freundinnen. Welch schreckliches Schicksal."

„Also ... habe ich das jetzt richtig verstanden? Ihr konntet gar nicht richtig in die magische Welt eintauchen?", knurrte Watson und winselte leise. „Wuff, wuff, wie schade."

„Hörnchenfies", stimmte Lotti mit ein. „Und wo soll denn dieser verzauberte Schlüssel überhaupt sein?"

„Der ver-zau-ber-te Schlüssel?", maunzte Pepper.

„Welcher Schlüssel?“, quiekte Genoveva. „Das Tor stand doch immer offen.“

„Öch kenne keinen Schlüssel.“ Ferdinand kratzte sich mit seinem Blechhandschuh scheppernd den Büchsenkopf.

„Na super.“ Becky seufzte. „Und jetzt?“

Hugo überlegte. „Du hast doch etwas über den Schlüssel gewusst, kleine Hexe, oder?“

Die kleine Hexe vollführte einen gekonnten Looping. „Das Problem von uns magischen Wesen ist: Wir müssen uns an Regel drei der magischen Welt halten. Wir dürfen niemals ein anderes magisches Wesen preisgeben. Und auch nie verraten, welche Fähigkeiten oder Besitztümer es hat. Ich habe schon viel zu viel verraten.“

„Hallooo? Begreift ihr es nicht?“ Figaro schlug aufgeregt mit den Flügeln. „Meine kleine Hexe hat euch schon im Nebelwald den Tipp gegeben, bei den Kindern nachzuforschen, die früher hier im Schloss waren.“

Becky stemmte die Hände in die Hüften. „Vielen Dank für die Belehrung, Herr Rabe. Aber die Frage ist doch: Bei welchen Kindern sollen wir denn bitte nachfragen?“

Hugo nickte. „Raus mit der Sprache!“

Eine Weile herrschte Schweigen. Dann hatten Genoveva, Pepper, Ferdinand, die kleine Hexe, Figaro und die Fellchen sich zurückgezogen und diskutiert. Kurze Zeit später kehrten sie zu Becky und Hugo zurück.

Genoveva fächelte sich mit einem Spitzentaschentuch Luft zu. „Wir sind an unseren Schwur gebunden. Aber ihr könnt uns Fragen stellen, die wir ... nun ja ... wortlos, mit leichtem Lächeln oder Kopfnicken beantworten dürfen.“

Pepper maunzte laut. „Nicht umsonst bist du die Retterin der Bibliothek, Becky. Du möchtest doch auch Detektivin werden. Streng dein Hirn an! Tu es für uns.“

Becky sah von einem Wesen zum anderen. In ihrem Kopf begann es zu arbeiten. Neuronen lieferten Informationen ans Gehirn, Nervenzellen verarbeiteten diese Mitteilungen. Gedanken verknüpften und vernetzten sich, wurden verworfen, ausgetauscht, neu formuliert. Schließlich atmete das Mädchen tief aus. „Ich habe jetzt eins und eins zusammengezählt und genau nach dem Sherlock-Holmes-Motiv kombiniert. Wir haben bisher von zwei Kindern im Bücherschloss gesprochen. Meiner Mama

Olivia", Becky schluckte, „und ihrer Freundin. Und heute haben Hugo und ich zwei Namen in der Rinde der alten Kastanie entdeckt. Olivia und Beatrice."

Irritiert blickte Lotti in die Runde. „Äh ... du dicke Haselnuss ... kann mir jemand sagen ... also ... was ist das Sherlock-Holmes-Motiv?"

Watson winselte leise. „Detailgenaue Beobachtung und nüchterne Schlussfolgerung."

„Genau so ist es." Hugo grinste. „Außerdem haben wir heute erfahren, dass die einzige Beatrice, von der wir wissen, ausgerechnet die Sekretärin von Beckys Papa ist. Na, wenn das kein Zufall ist! Und dieser Beatrice schreiben wir jetzt mal einen Brief."

Die Erleichterung in den Mienen der magischen Wesen war kaum zu übersehen.

„Gut kombönört." Ferdinand verbeugte sich tief vor Lotti und Hugo. Leider, wie so häufig, viel zu tief. Mit einem Scheppern, das durch die gesamte Bibliothek hallte, rumpelte sein Helm über den Boden. „Oh ... hoppla ... öch habe wohl etwas verloren ..."

„Alter Katzenfloh, nicht schon wieder!" Pepper drehte

sich zu Becky und Hugo. „Diese Bibliothek ist das Reich der Kinder. Erwachsene haben hier nichts zu suchen. Deshalb können wir auch keine Verbindung mehr zu Kindern herstellen, die nun erwachsen sind."

„Lasst uns bitte wieder zum Wesentlichen kommen, meine Herren. Also: Ihr möchtet einen Brief an Beatrice Schnabel schreiben. Eine hübsche Idee", säuselte Genoveva. „Wohlan. Nur zu, Kinder."

„Würdet ihr euch davor bitte dringend noch ein Buch ausleihen?", flehte Pepper. „Vergesst nicht: Die Bücher müssen trotz allem weitergelesen werden."

„Nur Lesen schützt dö Bücher", erklärte Ferdinand. „Und so ein Bröf schützt hoffentlöch unsere Freunde in der magöschen Welt und uns."

9. Kapitel

Krimis und Puppenmöbel

Langsam schritten Becky und Hugo durch das herrliche Bücherlabyrinth der magischen Bibliothek. Voller Stolz stellten sie fest, dass die Regale mit den Tiergeschichten von Pepper, die Abenteuergeschichten, die Ferdinand betreute, und Genovevas Märchen schon viel besser aussahen. Becky und Hugo hatten in den letzten Wochen unglaublich viele Bücher gelesen. Mit großem Erfolg! Nach dem Lesen hatten sich Einbände geglättet, zerrissene Seiten hatten sich wieder zusammengefügt, die Bücher hatten sich gestrafft. Aber das Schönste: Die Bücher lebten wieder! Sie dufteten, gaben Geräusche von sich, leuchteten, machten auf sich aufmerksam. Winzige Schlangen glitten ab und an aus einem gelesenen Buch heraus und verschwanden wieder, Elfen und kleine Drachen jagten sich um die Regale, bevor sie sich kichernd und schnaubend wieder zurückzogen.

Becky platzte fast vor Glück und Stolz. „In so viele Geschichten sind wir schon hineingesprungen und haben wunderbare Dinge erlebt und so manches Wesen für einen Moment mit in unsere Welt genommen."

Hugo fuhr mit den Fingern behutsam die Buchrücken entlang. „Wenn ich von der echten Welt die Nase voll habe, bringen mich diese Bücher an einen besseren, schöneren Ort. Die Geschichten sorgen dafür, dass ich jedes Gefühl ganz stark verspüre, ohne von meinem Sessel aufstehen zu müssen." Er lächelte. „Ärger und Trauer. Neid, Freude, Glück und Angst. Das ist einzigartig."

Mit wehmütigem Blick sahen die beiden Kinder zu den Abteilungen mit den fantastischen Geschichten und den

Büchern, die in der wilden Natur spielten. Hier breitete sich nach wie vor zäher grüner Nebel aus, der sich zwischen den Regalwänden festbiss.

„Es ist, als ob die Bücher ihre Abteilungsleiter vermissen und sich der Trübsal hingeben." Genoveva war hinter einer Säule aufgetaucht. „Mir macht der Nebel nichts aus. Darf ich euch von dort ein Buch holen, das euch bestimmt zusagt?"

Hugo überlegte nicht lange. „Aber klar, ich mag fantastische Abenteuer. Her damit!"

Becky hatte sich schon in eine andere Abteilung begeben und rief über die Schulter: „Für mich bitte ein paar Naturbücher. Und ich brauche einen Kinderkrimi und eine Schulgeschichte. Bin gleich wieder bei euch."

Becky hatte nach dem Fußballspielen genau zugehört, was Ben gern las. Und sie hatte sich fest vorgenommen, ihn von den Büchern zu überzeugen. Je mehr Kinder die Bibliothek wieder zum Leben erwecken würden, desto besser. Ihre Mama und Beatrice waren damals wohl nicht die einzigen Kinder gewesen, die es hierhergezogen hatte. Warum sollte das heute nicht mehr möglich sein?

Langsam schritt Becky die Regale mit den Kinderkrimis, dann die mit den Schulgeschichten ab. Sie las jeden Titel, bis sie sich sicher war, die richtigen Werke gefunden zu haben. Mit ihren Schätzen ging sie zu der Stelle zurück, an der Genoveva vorhin aufgetaucht war.

Gemeinsam mit Ferdinand und Pepper wuchtete die Gräfin gerade zwei Stapel Bücher aus den vernebelten Abteilungen. Hugo kniete bereits mit einem Handtuch davor und tupfte die Bücher vorsichtig ab.

„Sieh dir das an, Becky. Sie sind ganz feucht und ... igitt ... fangen teilweise schon an zu schimmeln."

Hugo rümpfte die Nase. „Sieht nicht gut aus."

„Das ist keine weiße Magie, das sieht nach tiefschwarzer Magie aus. Alle Hexenbücher gehen allmählich kaputt", jammerte die kleine Hexe. Mit ihrem Besen schwebte sie dicht über den Einbänden. „Kann ich sie nicht einfach wieder gesund zaubern?"

Pepper miaute heiser. „Du weißt doch, kleine Hexe,

dass wir magischen Wesen mit unserem Zauber hier am Ende sind. Mit Magie hat das nicht viel zu tun. Nötig sind Leselust und Bücherliebe."

Ferdinand nickte heftig und Becky lief schnell zu ihm, um seinen Kopf festzuhalten.

„Hölfe für dö Bücher kann es nur von Köndern geben, so steht es ön dem Dokument, das Graf Bolte uns jeden Abend vorgelesen hat. Lesen öst dö Rettung."

Becky legte die beiden Werke, die sie für Ben vorgesehen hatte, beiseite. Dann beugte sie sich über die kaputten Bücher aus der Abteilung der Buxies und Glimmeria.

„Ich finde, wir hatten schon schlimmere Fälle." Aufmunternd sah sie zu den magischen Wesen. „Ich nehme zwei Bücher für heute Abend mit. Alles wird gut, ihr Lieben!"

Becky und Hugo konnten unmöglich das *Buch der Bücher,* die anderen Schmöker, ihre Haustiere, das Fellchen und die kleine Hexe samt Figaro auf der Strickleiter nach unten transportieren. Deshalb rief Pepper Herrn Nase und Igor, den Feuerdrachen, zu Hilfe. Die beiden waren zwar klein, aber enorm stark. Problemlos schleppten sie einen Stapel Bücher für Hugo und einen für Becky aus der Bibliothek hinaus. Als die beiden Steinfiguren zunächst in Beckys Zimmer landeten, wollte Hugo schon mit zu ihr ins Zimmer stürmen. Doch Becky konnte das gerade noch verhindern.

„Sei mir nicht böse, aber ich lese jetzt lieber eine Weile allein. Der ist für dich.“ Versöhnlich streckte Becky dem Freund einen der Äpfel hin, die sie die ganze Zeit über in ihrer Pullovertasche vergessen hatte.

Hugo runzelte die Stirn. „Der Apfel hat ja überall kleine Löcher. Waren Mäuse in deiner Tasche?“

Becky lachte. „Keine Mäuse, aber eine kleine Hexe.“ Behutsam fischte sie die Hexe aus ihrer Tasche. „Warst du das etwa?“ Sie hielt ihr den Apfel hin.

Die kleine Hexe blickte betreten zu Boden. „Ich hatte solchen Hunger. Und ich wollte nicht, dass aus deinem Pulli Funken sprühen, wenn ich mir etwas zu essen zaubere.“ Sie hielt ihren Besen wie zur Verteidigung vor sich. „Ich habe nur wenig herausgebissen, viele kleine Stückchen. Und extra aus beiden Äpfeln, damit es gerecht ist.“

Hugo grinste. „Jetzt sind die Äpfel etwas ganz Besonderes. Sozusagen ein bisschen verhext.“

Becky lächelte. „Wir sehen uns dann beim Abendessen. Ich muss noch einen Schlafplatz für die kleine Hexe suchen. Bestimmt möchte sie sich nicht den Käfig mit Lotti teilen, obwohl er wirklich hübsch ist."

Bei der Vorstellung reckte Lotti ihren Schwanz nach oben.

„Soll ich später kommen, damit wir den Brief an Beatrice Schnabel schreiben?", wollte Hugo wissen.

„So machen wir es." Becky winkte und schloss dann ihre Zimmertür. Sie wollte ein paar Minuten allein sein und ihren Gedanken nachhängen. Oder zumindest fast allein, denn kaum waren sie im Zimmer, sprudelte Lotti los: „Wie kommst du auf die Idee, dass ich mein wunderbares Käfig-Schlösschen mit einer Hexe teilen möchte? Pah, da werde ich nicht mal gefragt, ob mir das passt. Ein Hörnchen und eine Hexe. Das geht gar nicht. Überhaupt nicht! Ich sollte ..."

„Lotti, hör auf. Eigentlich brauchst du deinen Käfig gar nicht. Du rollst dich sowieso ständig auf dem Lesesessel zusammen", unterbrach Becky ihr Haustier, wühlte dabei in ihren Aufbewahrungskisten und hob schließlich ein

kreischfarbenes Puppenhaus in die Höhe. „Wäre das etwas für dich, Hexe? Als ich klein war, habe ich gern damit gespielt. Die Einrichtung ist ein bisschen ... na ja ... speziell. Aber das Bett ist wirklich gemütlich, ich habe sogar eine Wolldecke. Meine Mutter ...", Becky schluckte, Tränen traten ihr in die Augen. „Mama hatte sie für meine Puppe genäht."

„Giftgrüne Stühle? Ein Schminktisch mit Spiegel? Hellblaue Polstersessel?“ Fassungslos starrte die kleine Hexe auf das bonbonfarbene Mobiliar. Auf ihrer Schulter schlug Figaro wie von Sinnen mit den Flügeln und krächzte entsetzt. Doch als die kleine Hexe Beckys flehenden Blick sah, packte sie ihren Besen auf den quietschgrünen Esstisch, setzte Figaro auf einen der Sessel, ließ sich auf das Bett des Puppenhauses plumpsen und zog sich die Wolldecke bis unter die Nasenspitze. „Gute Nacht“, brummte sie. „Gar nicht so übel, dieses Bett. Danke, Becky.“

Dann war sie auch schon eingeschlafen.

Becky seufzte. Das erste Buch, das sie ausgewählt hatte, wollte sie gern allein lesen, ohne Hugo. Es sollte eine Überraschung für Ben sein, denn er mochte ja humorvolle, spannende Schulgeschichten. Und genau das stand als Beschreibung auf der Rückseite des Buches.

Dass es diese Geschichte wirklich in sich hatte, sollte Becky schon bald feststellen.

10. Kapitel

Beulen und Fehlerteufel

Becky sah sich den Buchumschlag mit dem Titel *Chaos in der Schule* genau an. Auf dem Bild war ein Klassenzimmer zu sehen: Schüler, ein Pult, eine Tafel, davor eine Lehrerin, die die Kinder beaufsichtigte. Im Hintergrund, auf einem kleinen Regal, saß ein blaues, wuscheliges Fellwesen mit rundem Kopf und rundem Körper. Die haarigen Beine baumelten herab und das Tierchen streckte den Kindern die lange knallrote Zunge heraus.

„Du siehst wirklich witzig aus. Bestimmt bist du ein lustiges Kerlchen“, flüsterte Becky. Sie begann zu lesen: *„Frau Wimmelmeyer schlug die Hände über dem Kopf zusammen. Gerade saß die Lehrerin der 4a zu Hause an ihrem Schreibtisch und korrigierte die Aufsätze ihrer Klasse. Und was sah sie da auf einmal? Die Texte wimmelten nur so von Fehlern! ‚Aber … aber‘, japste Frau Wimmelmeyer, ‚so schlecht waren meine Schüler noch nie! Als die Kinder den Aufsatz geschrieben haben, habe ich ihnen doch ab und zu über die Schulter geschaut. Himmel! Derart viele schlimme Fehler habe ich da nicht entdeckt.‘ Völlig erschüttert lief die Lehrerin in die Küche. Sie brauchte dringend einen Tee! Oder ein Stück Schokolade, das half auch. Am besten gleich beides. Kaum war Frau Wimmelmeyer verschwunden, tauchte hinter dem gelben Sofa ein blaues Zottelwesen mit zwei winzigen roten Hörnchen auf dem Kopf und einem riesigen Stift in seinen Krallen auf. Kichernd sauste es auf den Schreibtisch zu, hüpfte mit einem mächtigen Satz auf die Tischplatte und …“*

Becky spürte, wie sich alles zu drehen begann. Die Decke, das Bett, der Boden in ihrem Zimmer. Sie schob ihre

Beine an den Bettrand, stellte die Füße auf den Teppich und versuchte aufzustehen. Doch es war, als hätte sich der Boden unter ihr in Treibsand verwandelt. Eine Weile war alles tintenschwarz, dann saß Becky plötzlich auf einem zitronengelben Sofa in einer völlig fremden Wohnung. Vor ihr stand ein Schreibtisch mit etlichen Schülerarbeiten darauf. Und inmitten der Arbeiten sprang ein blaues Zottelwesen von einem Heft zum anderen. Becky musste sich hinstellen, um besser sehen zu können, was das Zottelwesen dort anstellte. Was für eine Frechheit! Das Kerlchen kritzelte wild in die Hefte hinein, riss ganze Seiten heraus, leckte mit seiner Zunge über die Buchstaben.

„Hey, was machst du da?", rief Becky wütend.

Das blaue Wesen drehte sich zu ihr um und streckte Becky die Zunge heraus. „Geht dich nix an. Gar nix. Fehlerteufel machen so was."

„Hör bitte auf, das ist doch gemein", verlangte Becky. „Die Kinder geben sich große Mühe beim Schreiben und du machst alles kaputt."

„Na und? Fehlerteufel machen so was." Ein listiges Lächeln huschte über sein Gesicht. Mit einer schnellen Bewegung zerrte das blaue Kerlchen an einer kleinen Blumenvase auf dem Schreibtisch, bis sie umfiel. Das Wasser ergoss sich in Windeseile über die Hefte. „Haha, hoho. Pitsch, patsch, Wasserschlacht! Fehlerteufel hat Buchstabensuppe gemacht“, grölte das Zottelwesen.

Gerade wollte Becky den rabiaten Fehlerteufel packen und die Schulhefte in Sicherheit bringen, da vernahm sie laute Schritte. Frau Wimmelmeyer kehrte zurück!

„Ich muss mich verstecken“, flüsterte Becky erschrocken. „Schnell hinters Sofa.“ Doch als sie einen Hechtsprung in Richtung des Möbelstücks machte, stieß sich Becky so den Kopf an, dass winzige Sternchen vor ihren Augen tanzten. Becky verlor das Bewusstsein.

Als sie wieder aufwachte, rieb sie sich erstaunt die Augen. „Wo bin ich? Was ist passiert?“ Sie sah sich um.

Ihr Bett mit den gemütlichen Kissen, der Lesesessel mit der schlafenden Lotti, das Puppenhaus, in dem die kleine Hexe laut schnarchte – alles war wie immer.

„Ein Glück.“ Becky stöhnte. „Ich bin wieder zu Hause.“ Sie fasste sich an den Kopf. „Autsch, das gibt eine Beule.“

„Kleine Beule, viel Geheule“, hörte sie da eine bekannte Stimme neben sich. „Ein Weichei macht viel Geschrei.“

Becky konnte es nicht fassen. Am Rahmen ihres Himmelbetts turnte der Fehlerteufel aus der Schulgeschichte. Becky hatte ihn wohl aus Versehen herausgelesen.

„Hör mal, Fehlerteufel“, begann sie streng. „Ich werde dich bald wieder mit zurück in die magische Welt nehmen, dann kannst du in deine Geschichte schlüpfen. Und bis dahin ...“

„Bis dahin? Ich glaub, ich spinn!“, reimte der Fehlerteufel ziemlich schräg, ließ sich mit einem doppelten Salto auf den Boden plumpsen und flitzte zur Tür. „Vergiss es. Fang mich doch! Wird dir nicht gelingen, haha, denn ich war schon mal da! Vor vielen, vielen Jahren wurde ich schon mal aus der Geschichte herausgelesen. Aber jetzt bleibe ich hier. Ätsch! Tschüssikowski!“

Lotti, die von dem Getöse aufgewacht war, sauste dem blauen Knäuel ebenso hinterher wie Becky. Auch die kleine Hexe hatte sich schlaftrunken auf ihren Besen geschwungen und torkelte auf den Fehlerteufel zu.

„Wir haben ihn gleich“, freute sich Becky.

In Windeseile hatten sie den frechen Kerl eingekreist. Becky streckte die Hand aus und griff nach dem blauen Fellknäuel, doch in diesem Moment ging die Tür auf. Hugo und Watson platzten ins Zimmer, der Fehlerteufel sauste hinaus.

„Auf Nimmerwiedersehen", brüllte er aus Leibeskräften und verschwand in den Tiefen der Schlosskorridore.

Becky, Hugo, Lotti, Watson und die kleine Hexe standen oder schwebten im Türrahmen und sahen dem wirbelnden Blau hinterher.

„Was, bitte schön, war das?", fragte Hugo verdutzt.

Becky nagte an ihrer Unterlippe. „Der Fehlerteufel. Aus einer Schulgeschichte. Ich hoffe, dass er bei uns im Schloss nicht zu viel Ärger macht."

„Wau, wau, wahuuu! Lotti, komm mit, wir verfolgen ihn", bellte Watson. „Endlich ist hier mal was los."

Lotti sprang mit Anlauf auf seinen Rücken. „Attacke!"

„Wir begleiten euch!" Die kleine Hexe mit Figaro flog haarscharf am Türrahmen vorbei. „Abflug!"

Als die vier verschwunden waren, erzählte Becky Hugo von ihrem Missgeschick.

„Nicht schlimm, Becky, mach dir keinen Kopf.“ Hugo lächelte. „Ich find’s sogar ziemlich cool, dass sich hier inzwischen so viele magische Wesen herumtreiben. Ist doch aufregend! Was soll schon passieren?“

„Wenn du meinst! Dann schreiben wir jetzt den Brief an die Freundin meiner Mama. Hoffentlich ist sie es auch wirklich! Ben soll ihr den Brief gleich morgen geben.“

Eine Weile stritten sie um Formulierungen, schrieben ein paar Sätze, strichen sie wieder, zerknüllten ein Papier nach dem anderen. Schließlich einigten sie sich auf eine Botschaft:

Liebe Beatrice Schnabel,

mein Name ist Becky Librum,
ich bin die Tochter von Olivia.
Ich hoffe, dass Sie die Frau sind,
die früher mit meiner Mama
befreundet war. Denn dann
könnten Sie mir und meinem
Freund Hugo, mit dem ich diesen
Brief schreibe, helfen. Wir müssen
ganz dringend in die magische

Welt reisen, weil die Buxies und Glimmeria dort gefangen gehalten werden. Allerdings fehlt uns der verzauberte Schlüssel für das Tor zur magischen Welt. Die Königin hat es verschlossen, sie ist nicht mehr gütig und freundlich, sondern böse. Können Sie uns sagen, welches magische Wesen im oder um das Schloss herum uns helfen kann?

Viele Grüße von Becky und Hugo

Sie schafften es gerade noch rechtzeitig, den Brief an Beatrice Schnabel zu beenden, als Molly die Kinder zum Abendessen rief.

„Beeeecky, Huuuuugo, kommt bitte, ich habe ein neues Rezept ausprobiert. Beeilt euch!"

„Komm, Becky", drängte Hugo. „Meine Mutter kann ganz schön stinkig werden, wenn ihr Essen kalt wird."

„Ich muss noch schnell einen Umschlag suchen“, sagte Becky, aber Hugo zog sie schon am Arm mit sich.

„Mhm … ich hab kein gutes Gefühl dabei, unsere Botschaft einfach hier liegen zu lassen“, murmelte Becky.

Zögernd ließ sie den Brief auf ihrem Schreibtisch zurück. Irgendwie hatte sie das dringende Bedürfnis, den Brief gut zu verstecken. Doch Hugo ließ ihr keine Zeit dazu. Leider.

Denn Beckys Gefühl trügte sie ganz und gar nicht, wie sich später herausstellen sollte.

11. Kapitel

Zaubersprüche und Versalzungen

Guten Appetit! Greift ordentlich zu! Es ist ein ganz neues Rezept aus dem uralten Kochbuch meiner Großmutter. Ich habe es gestern in einer alten Kiste gefunden, die ich noch nicht ganz ausgepackt hatte.“ Molly nickte Becky, Hugo und Professor Librum aufmunternd zu. Sie hatte jedem von ihnen eine extragroße Portion Kartoffelsalat auf den Teller geschaufelt. „Ich bin so gespannt.“

„Na, dann koste ich mal als Erster“, meinte Professor Librum erfreut, „ich sterbe fast vor Hunger.“

Lächelnd steckte er die Gabel mit dem Salat in den Mund und kaute energisch. Becky, Hugo und natürlich Molly beobachteten ihn erwartungsvoll. Professor Librums Augen blitzten zunächst vergnügt auf, aber auf einmal wurde sein Blick starr, sämtliche Farbe wich aus seinem Gesicht.

„Wasser!“, rief er röchelnd, griff nach der Karaffe, setzte sie an und leerte den Krug in einem Zug. Becky und Hugo sahen sich fragend an, Molly runzelte die Stirn.

„Was ist los, Ignaz?“, flüsterte sie. „Schmeckt es dir nicht?“

Der Professor deutete auf seinen Mund und sog scharf Luft ein. „Der Salat ist völlig versalzen. Entsetzlich!“

„Versalzen?“ Molly stand auf, schob ihren Stuhl zur Seite und eilte zur Arbeitsplatte, um das Rezeptbuch zu holen. „Aber hier steht es: vier Prisen Salz.“ Sie stutzte. „Vier Prisen? Aber ... aber vorhin stand da doch noch vier Esslöffel? Ganz bestimmt! Wobei ... das ist natürlich völliger Blödsinn. Habe ich wirklich vier Esslöffel Salz in den Salat gegeben? Vor lauter Aufregung habe ich bestimmt nicht richtig aufgepasst und ..."

Becky vernahm auf einmal ein leises Kichern und als sie sich umdrehte, spähte der Fehlerteufel aus einem Regal mit Tongeschirr. Er grinste von einem Ohr zum anderen und zeigte Becky eine lange Nase.

„Na warte, du Ungeheuer." Becky stieß unter dem Tisch Hugo an, damit er den Fehlerteufel auch entdeckte.

„Der steckt also dahinter. Er hat das Rezept verändert", knurrte Hugo beim Anblick des Fehlerteufels.

Molly hatte Professor Librum inzwischen ein Glas Saft gebracht, das er eilig hinunterstürzte. Tränen standen ihm in den Augen. „Was mache ich denn jetzt mit dem schönen Salat? Das war so viel Arbeit", wimmerte sie.

In diesem Augenblick spürte Becky, dass jemand oder etwas unter dem Tisch an ihrem Pullover zupfte. Als sie nachschaute, saß die kleine Hexe auf ihrem Oberschenkel und hielt den Zeigefinger an die Lippen.

„Pssst", flüsterte das magische Wesen. „Bloß nichts

wegwerfen. Ich habe einen kleinen Würzzauber ausgesprochen. Einmal mischen, dann ist alles wieder gut."

Becky zwinkerte der kleinen Hexe zu, dann sagte sie laut: „Bestimmt hast du genau die richtige Menge Salz in den Salat gegeben und nur nicht richtig umgerührt, Molly. Manchmal passiert einem das doch, oder?"

In Mollys Gesicht breitete sich Hoffnung aus. „Du hast recht, Becky, das könnte sein."

Sie nahm das Salatbesteck und pflügte damit besonders kräftig durch die geschälten Kartoffeln und die würzige Marinade. Becky, Hugo und Professor Librum taten es ihr mit ihren Portionen nach. Dann sahen sich alle an.

„O nein, Leute." Professor Librum hob abwehrend die Hand. „Ich koste nicht wieder als Erster."

„Aber ich. Mama ist die beste Köchin auf der ganzen Welt." Hugo steckte sich eine gehäufte Gabel in den Mund. Vorsichtig kaute er, kaute noch mal, schluckte schließlich und hob den gestreckten Daumen. „Genial!"

Argwöhnisch probierte nun auch Professor Librum. Becky und Molly taten es ihm nach. Nachdem der erste Bissen geschluckt war, atmeten alle auf. Becky warf einen

Blick über die Schulter auf das Regal. Doch der Fehlerteufel hatte sich längst aus dem Staub gemacht.

Molly seufzte. „Alles noch mal gut gegangen."

„Ein wirklisch schauberhafter Schalat", nuschelte Becky mit vollem Mund. Sie wollte der kleinen Hexe danken, doch die war verschwunden.

„Ich wusste doch, dass es die richtige Entscheidung war, dich als Haushälterin einzustellen", meinte Professor Librum. „Molly Braun, du bist die Königin der Gewürze."

Die vier futterten die komplette Salatschüssel leer und ließen sich danach noch ein Stück warmen Apfelstrudel mit Vanilleeis und Sahne schmecken. Man konnte Molly ansehen, wie glücklich sie war.

Pappsatt kehrten Becky und Hugo nach dem Essen in Beckys Zimmer zurück, wo sie bereits erwartet wurden. Ferdinand stand wie ein Wachsoldat neben der Tür, auf Beckys Bett thronte Genoveva, Pepper und Lotti hatten sich zur rechten beziehungsweise linken Seite der Gräfin zusammengerollt. Zu Genovevas Füßen lag Watson und blinzelte Becky und Hugo verschmitzt an. Die kleine Hexe und Figaro, Herr Nase und Igor lieferten sich ein Verfolgungsrennen durchs Zimmer.

„Ihr seid wirklich mutig." Hugo schloss eilig die Zimmertür. „Die Erwachsenen treiben sich überall herum. Wenn sie euch entdecken!"

Pepper miaute laut. „Wir verschwinden gleich wieder, aber wir mussten vorher noch ein Problem lösen."

„Und zwar gemeinsam", erklärte Genoveva und zog Lottis Käfig-Schlösschen hinter ihrem Rücken hervor. „Na, ist er nicht putzig, wenn er eingesperrt ist?"

Amüsiert beobachteten Becky und Hugo, wie der Fehlerteufel wütend an den Gitterstäben rüttelte, mit den Fäusten auf den Käfigboden trommelte und kreischte: „Lasst mich raus, lasst mich sofort hier raus!"

„Möt Söcherheit nöcht", entgegnete Ferdinand gelassen. „Du kommst möt uns ön dö Böblöothek. Und da bleibst du so lange, bös Becky und Hugo ön dö magösche Welt reisen. Basta."

„Wie habt ihr das blaue Zottelmonsterchen gefangen?", wollte Becky wissen.

„Das war so cool", rief Igor, während er durchs Zimmer schoss, „wir haben ihn umzingelt, als er ..."

„... genau in die Falle gelaufen ist, die Genoveva gebaut hatte. Sie hat einen Teller Buchstabensuppe, den die kleine Hexe freundlicherweise gezaubert hat, in die Bibliothek gestellt", erklärte Herr Nase weiter.

Genoveva wedelte sich mit ihrem Spitzentaschentuch Luft zu. „Ferdinand hat mich außerdem hervorragend unterstützt."

Alle Kinder, Tiere und magischen Wesen applaudierten, jaulten oder fiepten begeistert. Nur der Fehlerteufel biss sich vor Ärger in seinen eigenen Schwanz, was ihm solche Schmerzen bereitete, dass er wütend aufjaulte.

Becky zuckte mit den Schultern. „Selbst schuld, Fehlerteufelchen." Sie sah in die Runde. „Und jetzt ab ins Bett, ihr Lieben. Morgen werden wir Ben den Brief für Beatrice Schnabel geben. Hoffentlich überbringt er ihn bald, damit wir in ein paar Tagen eine Antwort von ihr bekommen."

Hugo nahm das Schreiben, steckte es in einen Umschlag und klebte ihn zu. Die magischen Wesen beobachteten jede seiner Bewegungen.

„Sagt mal, meine Lieben", flötete Genoveva, „gibt es denn keine andere Möglichkeit, den Brief schneller zu überbringen?"

„Ich verstehe nicht, was du meinst", überlegte Becky laut.

„Ich schon", meinte Lotti. „Ist doch logisch, hörnchenklar. Ihr magischen Wesen könnt nicht einfach so durch die Welt spazieren, aber Watson und ich schon."

„Ich?" Watson hob den Kopf. Er hatte es sich gerade vor Beckys Bett gemütlich gemacht und von einer dicken Wurst geträumt. „Wie? Wo? Was?"

„Mensch, Watson!" Lotti sprang auf. „Endlich können wir uns mal richtig nützlich machen. Wir schnappen uns den Brief und legen ihn vor die Stufen von Beatrice Schnabel."

„Äh ... wir wissen doch gar nicht, wo diese Beatrice wohnt", gab Hugo zu bedenken.

„*Wir* nicht", plapperte Lotti. „Aber die kleine Hexe weiß es ganz bestimmt."

Alle Blicke richteten sich auf die Hexe.

„Na ja ... ich habe einen kurzen Nachforschungszauber über das Notizbuch von Professor Librum gelegt. Er hat es einfach in der Küche liegen lassen“, erklärte sie. „Da konnte ich die Adresse ruck, zuck herauslesen.“

„Und?“, riefen die Kinder wie aus einem Mund.

„Beatrice Schnabel wohnt in der Mandelbaumstraße 7 in Bolte“, sagte die kleine Hexe und kicherte.

12. Kapitel

Quatschwörter und Goldkugeln

Am nächsten Tag spielten Becky, Hugo und Ben Verstecken im Freien, Becky war mit Suchen dran. Lotti und Watson waren nicht mitgekommen, sie waren zutiefst beleidigt, weil sie vor Ben immer noch nicht mit Becky und Hugo sprechen durften.

„Siebzehn, achtzehn, neunzehn ... zwanzig! Hugo, Ben, ich komme jetzt", brüllte Becky in die Stille hinein, als wie aus dem Nichts ein Sportwagen mit quietschenden Reifen in der Kiesauffahrt von Schloss Rosenbolt hielt, direkt neben dem vermoosten Brunnen. Eine Frau mit einem sehr schicken Mantel, Kleid und hohen Schuhen stieg aus. „Du bist Becky, stimmt's?", fragte sie ohne Begrüßung, aber dafür mit einem breiten Lächeln.

„Ja, das stimmt", antwortete Becky knapp.

„Du siehst Olivia sehr ähnlich." Die Frau wischte sich verstohlen ein paar Tränen aus den Augenwinkeln. „Ich vermisse sie so."

„Dann sind Sie Beatrice Schnabel", rief Becky überrascht aus. Sie hatte ja nur eins und eins zusammenzählen müssen. „Sie haben unseren Brief bekommen?"

„Sag bitte Beatrice zu mir." Die Frau lächelte. „Ich habe ihn erhalten, aber ich verstehe kein Wort. Deshalb bin ich hergefahren. Wo ist eigentlich dein Freund Hugo?"

Becky hatte die Jungs in ihren Verstecken völlig vergessen, trommelte sie nun aber lautstark zusammen.

„Tante Beatrice", rief Ben erfreut, rannte auf seine Tante zu und umarmte sie. „Was machst du denn hier?"

„Nun, ich wollte Becky treffen. Aber was machst *du* hier? Ich wusste gar nicht, dass ihr befreundet seid! Freut mich, Ben. Komm mich doch morgen besuchen und erzähl mir alles in Ruhe, ich bin leider in Eile und werde in der Uni erwartet. Jetzt muss ich mit Becky und Hugo aber noch kurz über einen Brief sprechen, der heute Morgen vor meiner Tür lag, aus dem ich aber leider überhaupt nicht schlau werde." Sie hielt die Botschaft in die Höhe und las den Anfang vor:

> Liebe Schnatrice Beabel,
> mein Name ist Lecky Bibrum, ich
> bin der frühere Hugo von Olivia.
> Wir müssen ganz tragisch mit dem
> Zelt verreisen, weil die Glubschies
> und Buxeria ...

Beatrice ließ den Brief sinken und sah Becky und Hugo an. „Es ist zwar ziemlicher Unsinn, aber mir war sofort klar, dass Becky auf diese Weise Kontakt mit mir aufnehmen möchte." Sie rückte näher zu Hugo und Becky und zwinkerte ihnen zu. „Mal unter uns: War der Fehlerteufel bei euch?"

„Der ... was?“ Ben sah seine Tante an, als wäre die nicht ganz klar im Kopf. „Habt ihr ’ne Art Geheimsprache?“

Becky seufzte. „Das erklären wir dir alles bei Gelegenheit, okay? Wir müssen jetzt unbedingt mit deiner Tante sprechen.“

Beatrice nickte, hakte Becky rechts, Hugo links unter und lief mit ihnen ein Stück über die Wiese. „Olivia und ich haben den Fehlerteufel vor Jahren auch aus einer Geschichte herausgelesen. Es war die reinste Katastrophe, was dieses kleine blaue Kerlchen alles angestellt hat. Wir haben uns unglaublich viel Mühe gegeben und eine geniale Fehlerteufelfalle gebaut, bis wir ihn endlich wieder eingefangen hatten.“ Bei der Erinnerung daran lachte Beatrice laut. „Olivia und ich waren beste Freundinnen, wir waren beinahe täglich hier im Schloss ... bei den magischen Wesen“, flüsterte sie verschwörerisch. „Aber jetzt habe ich zu dieser Welt keinen Zugang mehr. Ich bin nun erwachsen, leider, und nicht mehr so fantasievoll und neugierig wie ihr. Wir Erwachsenen achten nicht mehr auf den Zauber der kleinen Dinge. Ihr Kinder seht noch das Wahre, ihr schaut direkt in die Seele und das macht euch so wichtig. Ihr könnt Rätsel lösen, Gedanken erraten, die Welt verändern. Die meisten Erwachsenen sind dazu viel zu müde. Erwachsensein ist so anstrengend!"

„Beatrice, du hast recht", sagte Becky. „Wir haben genau so einen Fehlerteufel aus einem Schulbuch herausgelesen. Und der Brief an dich lag offen in meinem Zimmer, da wird er alles durcheinandergebracht haben. Aber die magischen Wesen haben das Zotteltier gestern Abend eingefangen."

„Gut gemacht. Solche Fehlerteufel können wirklich eine Menge Schaden anrichten." Beatrice sah die Freunde nachdenklich an. „Womit kann ich euch denn helfen?"

Hugo sah sich um, ob Ben ihnen gefolgt war. „Wir suchen ein magisches Wesen, das uns etwas über den verzauberten Schlüssel verraten kann."

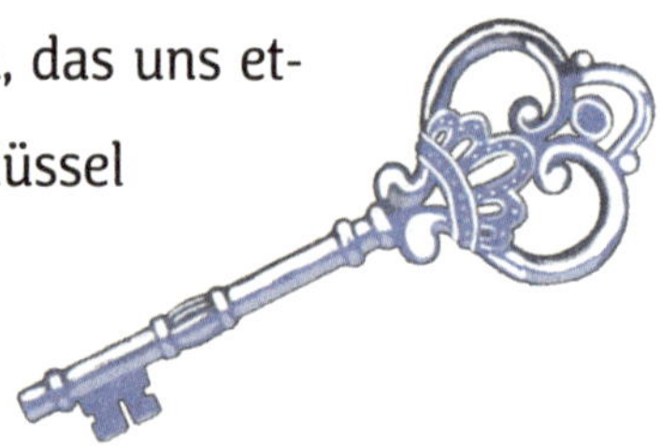

Beatrice blieb stehen. „Ich habe noch nie von einem verzauberten Schlüssel gehört. Tut mir leid! Aber was ich euch verraten kann: Knacks weiß alles, aber er spricht nicht mit jedem. Er ist ... sehr eigen."

„Knacks?“ Becky hob die Brauen.

„Der Brunnenfrosch!“ Beatrice sah auf die Uhr. „Verflixt, ich komme zu spät. Geht wieder zu Ben und ...“, sie senkte die Stimme, „zeigt ihm die magische Bibliothek, wenn die Zeit gekommen ist. Wir brauchen Kinder, die lesen, sonst gehen die Geschichten für immer verloren. Ihr Lieben, wir sehen uns wieder. Ganz bestimmt!“

Becky winkte Beatrice noch hinterher, dann packte sie Hugo am Arm. „Wir müssen dringend etwas basteln. Und dabei dürfen wir keine Zeit verlieren!“

Ben fand die Idee, Goldkugeln aus festem Pappmaschee zu basteln, nicht besonders cool. Und dass Becky und Hugo ihm nicht verraten wollten, was es mit dem Gespräch zwischen ihnen und seiner Tante auf sich hatte, nervte ihn. Deshalb verabschiedete er sich lieber.

„Warte noch kurz, Ben!“ Becky lief zur Bank an der Kastanie und holte die Bücher, die sie für Ben in der Bibliothek ausgesucht hatte.

„Für mich?“ Ben strahlte. „Dass du an mich gedacht hast, ist ... total nett. Ein Krimi und eine Schulgeschichte, genau das, was ich gut finde. Danke, Becky. Bis bald.“

Dass Ben nach Hause ging, fanden Becky und Hugo zwar einerseits schade, auf der anderen Seite mussten sie sich so nicht noch mehr in Ausflüchte verstricken und etwas von den magischen Wesen preisgeben. Noch nicht. Ihr Vertrauen zu Ben musste erst noch wachsen.

Mit goldglitzernden Händen, Tupfen im Gesicht und einer Kugel, die mit wasserfester Goldfarbe bemalt war, liefen Becky und Hugo später zum Brunnen.

„Hallo, Knacks Frosch", begann Becky vorsichtig. „Wie du hörst, weiß ich inzwischen deinen Namen. Ich hatte dir doch vor ein paar Tagen versprochen, dass ich wiederkomme. Mit einer Goldkugel. Hier ist sie."

Knacks verzog keine Miene.

„Es ist die Kugel, die mein Freund Hugo für dich gebastelt hat. Wir haben jeder eine gebastelt, damit zumindest eine richtig gut wird. Meine ist leider ein bisschen oval geworden", erklärte Becky. „Hugo und ich nehmen jetzt die Scherben deiner zerbrochenen Kugel weg. Siehst du?"

Becky und Hugo sammelten die Bruchstücke ein.

„Und dann kleben wir die neue Kugel an den Brunnen." Hugo hob eine große Tube Kleber in die Luft.

Der Frosch gab nicht ein einziges Quaken von sich. Konzentriert klebten und rückten die Kinder die Goldkugel so lange hin und her, bis sie passgenau saß.

Becky nickte zufrieden. „Nun hast du wieder eine Kugel, jetzt wünsche ich mir, dass du mit uns sprichst."

Doch Knacks dachte gar nicht daran.

„Was bist du nur für ein bockiger Frosch", platzte es aus Becky heraus. „Ich weiß, dass du mich verstehst. Deine Freunde, die magischen Wesen, brauchen deine Hilfe. Und die Zeit wird knapp!"

Hugo nickte. „Es geht nicht um uns, Knacks. Es geht um dich und deine Freunde. In eurer magischen Welt läuft ganz schön was schief. Die böse Königin hat Glimmeria und die Buxies eingesperrt."

Knacks' linkes Glubschauge begann verdächtig zu zucken.

„Sie hat das Tor zur magischen Welt verschlossen", fuhr Becky fort. „Sonst hätten wir die vier schon längst wieder herausgelesen. Sag mal ... bist du eigentlich auch aus einem Buch herausgelesen worden?"

Jetzt zuckten nicht nur beide Augen des Frosches, auch

sein Körper veränderte sich. Vom Kopf beginnend, ging das Steingrau langsam in ein sattes Olivgrün über. Der Körper sah nicht länger staubtrocken aus, sondern feucht und glänzend. Die Schwimmhäute zwischen den Zehen dehnten sich, die Schallblase des Frosches wurde größer und größer, und schließlich öffnete Knacks das breite Froschmaul. „Quak. Quaaaaak. Quak, quak, quak! Ich danke euch. Die Kugel ist wirklich schön geworden. Ein Glück, denn seit dieser freche Kerl sie zerschossen hat, habe ich mich gar nicht mehr wohlgefühlt. Aber jetzt spüre ich neue Kraft und ... ich bin ein Powerfrosch!" Knacks löste sich aus seiner hockenden Haltung und hüpfte geschickt einmal im Kreis um den Brunnenrand herum. „Das tut gut. Endlich Bewegung. Normalerweise kann ich mich nur bei Vollmond in einen normalen Frosch verwandeln. Oder ich

werde von vertrauenswürdigen Personen darum gebeten." Der Frosch quakte lautstark. „Entsteinert kann ich viel besser über eure Worte nachdenken. Meine lieben Freunde aus der magischen Bibliothek sind also gefangen? Aber wie kann ich helfen?"

Becky und Hugo sahen erst den Frosch, dann sich an und prusteten los.

„Wow." Hugo stieß einen Pfiff aus. „Erst bist du stumm wie ein Fisch, dann plapperst du wie verrückt los."

„Quaaaak", rief Knacks fröhlich. „Ich bin eben nicht aufs Maul gefallen."

Becky setzte sich vorsichtig an den Rand des Brunnens. „Hör mal, Knacks. Wir brauchen den Schlüssel für die magische Welt. Den verzauberten Schlüssel."

Knacks hielt inne. „Quahaak. Herrje, ihr wisst doch sicher, dass wir magischen Wesen uns nicht gegenseitig ...?"

„Jaja, schon klar", motzte Hugo ungeduldig. „Ihr dürft euch und eure Fähigkeiten nicht verraten."

„Genau", erklärte Knacks. „Regel drei aus der magischen Welt."

„Bitte verschone uns mit den Regeln" flehte Becky ungeduldig. „Vielleicht kannst du uns einfach einen klitzekleinen Hinweis geben, an welchem Ort wir den Schlüssel finden können? Oder das Wesen, das den Schlüssel bewacht. Oder ... ach, was weiß ich!“

Mit seinen Glubschaugen sah Knacks die Kinder an. „Versprecht ihr mir, dass ihr mich ab und zu besucht?“

Hugo nahm feierlich einen Vorderfuß von Knacks in seine rechte Hand und schüttelte ihn. „Ich verspreche es. Auch im Namen von Becky.“

„Quak, quak“, knatterte Knacks fröhlich. „Also gut: Die Lösung für euer Problem findet ihr im Irrgarten. Keine Angst und ... verlauft euch nicht!“

Im Verborgenen ...

Entzückt streichelte Glimmeria das hübsche Fellchen, das durch die Gitterstäbe ins Gefängnis geschwebt war. Seit Wochen war es das erste Wesen, das zu ihnen vorgedrungen war. Außer den hässlichen Fratzen der Kobolde, die das Gefängnis bewachten, hatten die Fee und die drei Buxies niemanden gesehen oder getroffen. Es war ein großes Glück, dass sie wenigstens sich hatten, sonst wären sie wahrscheinlich vor Einsamkeit umgekommen. Und nun dieser hauchzarte, schimmernde, Freude verheißende Besuch von außerhalb!

Die Buxies hielten den Atem an, um das zarte Wesen nicht zu erschrecken. Eine nach der anderen wollte das Fellchen berühren, es liebkosen und seine Wärme spüren.

„Und du warst wirklich in der magischen Bibliothek, kleines Fellchen?“, flüsterte Glimmeria. „Du hast Genoveva und Ferdinand und Pepper getroffen?“

„Oh, wie ich dich beneide!“ Lady Botterblom seufzte.

„Wie geht es ihnen?“, wollte Lady Greenie wissen.

„Vermissen sie uns?“, wisperte Lady Rose.

In diesem Augenblick entdeckte Glimmeria die winzige Perle, die zwischen den Flügeln des Fellchens saß. Ihre Augen füllten sich mit Tränen der Rührung. Behutsam pflückte sie die Perle von der flauschigen Wolle des Insekts und ließ sie in ihre Handfläche gleiten. Dort sprang die Perle auf wie ein Ei, glasklare Flüssigkeit rann in Glimmerias Hand und begann von innen zu leuchten.

„Eine Tränenbotschaft.“ Lady Rose, Lady Greenie und Lady Botterblom beugten sich über Glimmerias Hand.

Die Flüssigkeit sammelte sich zu einer ruhigen, glatten Fläche. Das Leuchten wurde stärker, zunächst dunkelrot, dann orange, dann wandelte es sich in ein zartes Gelb.

Und mit einem Mal erschien dort, wie in einem Spiegel, das Bild von Genoveva, Ferdinand und Pepper. Die drei magischen Wesen saßen einträchtig auf dem Sofa in der Bibliothek und warfen den Buxies und Glimmeria Kusshändchen zu.

Lady Botterblom schlug vor Ergriffenheit die Hand vor den Mund. „Unsere Freunde, unsere lieben, lieben Freunde. Endlich."

„Ich kann ihre Stimmen nicht hören", jammerte Lady Rose. „Warum sprechen sie nicht mit uns?"

„Psst", mahnte das Fellchen. „Ihr müsst leise sein, dann können wir die Botschaft verstehen."

Und tatsächlich! Peppers Stimme glitt wie ein zarter Windhauch durch den Raum:

„Haltet durch, liebe Freundinnen. Hilfe naht!"

„Dö Könder holen euch zurück", ergänzte Ferdinand.

Genoveva hob flehend die Hände. „Alles wird gut, meine lieben Freundinnen. Bis ganz bald!"

Dann verschwamm das Bild wieder. Die Tränenbotschaft war verschwunden, aber dafür keimte Hoffnung in Glimmeria und den drei Buxies auf. Und als das Fellchen wieder durch die Gitterstäbe in die Freiheit entschwand, nahmen sich alle vier bei den Händen und beschworen sich gegenseitig:

„Wir geben nicht auf. Niemals!"

13. Kapitel

Flattergeist und Schlüsselbund

Noch nie waren Becky und Hugo durch den gesamten riesigen Schlosspark gewandert. Bisher hatten sie es gerade mal bis zum Brunnen, auf die große Wiese und zur Kastanie geschafft. Jetzt ärgerten sie sich beinahe, dass sie so wenig Interesse an den Außenanlagen des Schlosses gezeigt hatten. Es gab hier Seerosenteiche und Obstgärten, Blumenbeete und mannshohe Vogelgehege, die leer standen. Watson rannte mit Lotti voraus und entdeckte mit ihr wunderbare Mauselöcher, in denen sie buddelten. Becky und Hugo folgten ihnen neugierig. Es dauerte eine Weile, bis sie endlich vor einer hohen grünen Hecke standen.

„Der Irrgarten!“, rief Becky.

Hugo staunte. „Da kann man gar nicht drüberschauen.“

„Das macht den Irrgarten aus“, erklärte Becky und musste lachen. „Die Unübersichtlichkeit und die blickdichten Hecken. So wird der Orientierungssinn getäuscht.“

„Sag mal, bist du heute wieder so ’ne Art wandelndes Lexikon, oder so? Genau wie mit deinem Wissen über das Kreuzrippengewölbe in der Eingangshalle. Du machst mir manchmal echt Angst mit all dem, was du weißt.“

„Mein Vater ist Geschichtsprofessor, schon vergessen?“ Becky kicherte verlegen. Sie wollte nicht neunmalklug wirken, es platzte einfach immer so aus ihr heraus.

„Bei Irrgärten gibt es immer einen Ausgang und einen Eingang“, erinnerte sich Becky und lief ein Stück an der Hecke entlang. „Hier! Da geht’s rein.“ Sie sah Hugo triumphierend an. „Ich würde vorschlagen, dass wir getrennt laufen. Das ist spannender und unheimlicher. Und so finden wir die Lösung für unser Schlüsselproblem bestimmt am schnellsten. Zur Sicherheit haben wir ja unsere Tiere dabei." Sie deutete auf das Portal. „Ich gehe hier rein und du suchst den Ausgang, okay?"

„Kein Problem." Hugo drehte sich auf dem Absatz um, Watson folgte. „Wir sehen uns!"

Das grelle Sonnenlicht verschwand schlagartig, als Becky den Irrgarten betrat. Kühle schlug ihr entgegen.

Lotti hatte sich auf ihre Schulter gesetzt, um alles im Auge zu behalten. „Hier ist schon die erste Abzweigung. Was meinst du, Becky – rechts oder links?"

„Am besten halten wir uns immer rechts. Das ist praktisch, falls wir falsch laufen und umdrehen müssen."

Vorsichtig schlich Becky durch die Hecken. Hinter jeder Weggabelung hoffte sie, auf den verzauberten Schlüssel oder auf Hugo und Watson zu treffen. Nach zahlreichen Kreuzungen, Sackgassen und Wegschleifen wurde Becky müde. Außerdem fröstelte sie, denn aus dem Irrgarten stieg plötzlich Nebel empor. Dick wie Pudding hing er über den Wegen. „Schätzungsweise eine spontane Wetteränderung. Nichts Ungewöhnliches."

„Nichts Ungewöhnliches. Ach ja!? Und das da vorn?"

Lotti tauchte in der Pullovertasche ab. Nur ihr gestrecktes Pfötchen schaute heraus. Es deutete auf einen Pavillon mit einer Bank. Und auf dieser Bank lag etwas.

Becky kniff die Augen zusammen. Kurz meinte sie, eine Bewegung auszumachen. Aber in den Nebelschwaden konnte sie nichts erkennen. Sie musste dichter ran.

Am Ziel angekommen, kicherte sie erleichtert. „Keine Panik, Lotti. Nur ein vergammeltes weißes Betttuch." Gerade wollte sie danach greifen, da streckte Lotti den Kopf aus der Tasche und brüllte:

„Beeee-ckyyyyy! Es bewegt sich!"

Becky riss die Hand zurück. Jetzt sah sie es auch: Stück für Stück wuchs das stoffige Etwas in die Höhe, als würde es von einem unsichtbaren Faden gezogen. Wurde länger, immer länger und schwoll gleichzeitig seltsam an, bis es etwa Beckys Größe erreicht hatte. Mit feuerroten Augen starrte das Etwas das Mädchen an. Und Becky starrte zurück, denn vor ihrer Nase schwebte ... ein Gespenst! Es sah allerdings aus, als wäre es unter eine Dampfwalze geraten. Sein weißes Kleid bestand nur aus Fetzen.

„Grompf“, machte das Gespenst und rasselte mit einem riesigen Schlüsselbund.

„Grompf?“, fragte Becky.

„Ohohohoholich“, brummte das Gespenst.

„Grompf und ohohoholich? Was, bitte schön, soll das denn heißen?“ Becky verdrehte die Augen. „Sprich bitte deutlich.“

„Pardonlich?“ Das Gespenst legte den Kopf schief.

Becky streckte die Hand aus, um den Geist zu berühren.

Doch da erhob sich das weiße Etwas in die Luft. Es wirbelte einmal um Becky herum, sauste pfeilgerade in den Himmel und mit fünf Doppelschrauben wieder herunter. Zurück am Boden, streckte es dem Mädchen die bleiche Hand hin. „Hocherfreulich, werte junge Dame. Bist du Becky?“

Becky ließ sich auf die Bank plumpsen. „Woher kennst du meinen Namen?“

„Alle im Schloss wissen Bescheidlich. Herr Nase hat

mich in Kenntnis gesetzt." Das Gespenst verbeugte sich höflich. „Ich bin ein Flattergeist. Mein Name ist Gordon Pozwack." Er schepperte ausgiebig mit seinem Schlüsselbund. „Klingt das nicht wunderherrlich?"

Aus Beckys Pullovertasche drang ein Kichern.

„Psst", schimpfte Becky.

Gordon musterte sie mit seinen roten Augen.

„Kannst du etwa auch bauchrednerlich? Das können alle Pozwacks."

Wieder kicherte es aus Beckys Pullover. Diesmal lauter. „Po-zwack, wunderherrlicher Hintern-kack", flüsterte Lotti im Pullover.

„Lotti! Hör auf damit." Und zu Gordon gewandt: „Ich kann leider *nicht* bauchreden." Becky zog ihr Streifenhörnchen aus dem Pulli. „Die hier quatscht immer dazwischen. Das ist mein Haustier. Entschuldige dich bei Gordon, Lotti."

„'tschuldigung. Aber dein Name ist hörnchenstark. Pozwack. Zwick-Po. Ach so." Lotti kicherte schon wieder.

Becky räusperte sich. „Lieber Gordon, Knacks hat mir gesagt, dass ich hier im Irrgarten möglicherweise einen verzauberten Schlüssel finden kann. Wir brauchen ihn unbedingt. Glimmeria und die Buxies sitzen in der magischen Welt im Gefängnis. Und die böse Königin hat das Tor zur Welt verschlossen, deshalb können wir ihnen nicht helfen." Becky betrachtete Gordons Schlüsselsammlung. „Aber die einzigen Schlüssel, die ich sehe, sind deine. Und die sehen kein bisschen zauberhaft aus."

„Wirklich? Bist du sicherlich?" Gordon wirbelte einmal um Becky herum, setzte sich dann auf die Bank und klimperte mit seinem Schlüsselbund. Ungefähr ein Dutzend uralte, verrostete oder fast schwarze Schlüssel rasselten daran, einer im schlechteren Zustand als der andere. „Schein und Sein muss nicht das Gleiche sein. Gespenstlich, was?"

„Äh … vielleicht … na ja", stotterte Becky. „Wozu brauchst du eigentlich so viele Schlüssel?"

„Ich bin ihr Hüter." Gordon drehte sich einmal um sich selbst. „Wenn die Richtigliche kommt, erhält sie das Zauberliche. Und ich löse mich wieder in Nebel auf."

Becky wollte gerade fragen, was er mit seinen zahlreichen Andeutungen meinte, da verriet ein Knirschen, dass jemand den Kiesweg entlangstapfte. In der dicken Nebelsuppe konnte Becky allerdings nicht erkennen, um wen es sich handelte. Sie hielt den Finger an die Lippen.

„Psst, seid mal ganz leise."

„Becky? Bist du da?" Das war Hugo. Eindeutig. Gefolgt von Watsons fröhlichem Bellen.

„Ich bin hier, hier im Pavillon", brüllte Becky und sprang auf. „Komm schnell, Hugo. Das musst du dir ansehen." Vorsichtig tastete sie sich durch den Nebel. Beinahe wäre sie frontal mit Hugo zusammengeknallt, so dicht war der Nebel inzwischen. Und eiskalt war es noch dazu.

Hugo holte tief Luft. „Ich dachte schon, wir finden uns nie mehr."

„Alles gut. Aber jetzt beeil dich." Becky packte Hugos Hand und zog ihn hinter sich her. „Das ist völlig verrückt, das glaubst du mir nie! Achtung, jetzt: tadaaaaa ..." Mit ausgestrecktem Arm wies sie hinter sich.

Doch auf der Bank saß nichts und niemand. Kein Gespenst. Nur Lotti.

Das Streifenhörnchen sah Becky vorwurfsvoll an. „Er ist weg. Mich hat er hier im Nebel alleingelassen."

„Wer hat dich im Stich gelassen?“, wollte Watson wissen. „Wuff, wuff, dem beiße ich in die Wade!“

„Das wird bei diesem Wesen nicht möglich sein“, stellte Becky trocken fest. „So wie es aussah, hat es nämlich gar keine Wade.“ Und zu Hugo gewandt: „Lotti und ich haben hier ein Gespenst getroffen, Gordon Pozwack.“

„So ein echtes Gespenst mit weißem Laken und so?“ Hugo grinste. „Das wird ja immer besser! Schloss Rosenbolt steckt wirklich voller magischer Wesen, die Fellchen haben nicht zu viel versprochen.“

Becky nickte. „Gordon ist ein Flattergeist mit einem riesigen Bund voll uralter, verrosteter Schlüssel und einer sehr komischen Art zu reden. Ich hatte kurz die Hoffnung, dass er auch weiß, wo unser Schlüssel ist, der Schlüssel zur magischen Welt. Aber da habe ich mich wohl getäuscht.“ Sie stampfte mit dem Fuß auf den Boden. „So ein Mist. Das Gespenst fand mich offenbar so langweilig, dass es einfach verschwunden ist. Ohne sich zu verabschieden. Wie unhöflich.“

Lottis Schnäuzchen bebte plötzlich, ihre Tasthaare zitterten. Mit einem Satz sprang sie von der Bank auf den

Boden, kletterte an Beckys Hosenbein hoch und auf ihre Schulter. „Es stimmt nicht, dass sich Gordon nicht verabschiedet hat.“ Das Streifenhörnchen sah in die Runde. „Er hat gesagt, dass wir uns bestimmt bald wiedersehen. Und er hat Hugo und dir für eure Mission Glück gewünscht. Außerdem hat er mir das hier gegeben ...“

In den Krallen ihrer rechten Pfote hielt das Streifenhörnchen einen winzig kleinen bronzefarbenen Schlüssel mit einem zweizackigen Bart und einer Krone am oberen Ende. Vorsichtig ließ Lotti den Schlüssel in Beckys ausgestreckte Hand fallen.

„*Das* soll der Schlüssel zur magischen Welt sein?“, fragte Hugo ungläubig. „Der passt höchstens zu einem Puppenhaus!“

Vorsichtig drehte Becky den Schlüssel hin und her und umschloss ihn, einem Impuls folgend, mit ihrer Faust. Becky spürte, wie der Schlüssel in ihrer warmen Hand plötzlich zu wachsen begann, sich dehnte, streckte, größer wurde. Sie musste die Faust öffnen, denn der Schlüssel ragte inzwischen bereits über ihre Handfläche hinaus und Becky wusste nicht, ob er noch weiterwachsen würde. Sie legte ihn hastig auf den Boden, damit er ihr nicht aus den Fingern glitt und kaputtging. Inzwischen hatte sich der dumpfe Bronzeton des Schlüssels in ein glänzendes Gold verwandelt. Doch kaum lag der Schlüssel im feuchten Gras, schrumpfte er wieder auf seine ursprüngliche Größe zurück und verlor jeglichen Glanz.

„Abgefahren", meinte Hugo und griff nach dem Schlüssel. „Ob das bei mir auch klappt?" Genau wie Becky legte er den Schlüssel auf seine Handfläche und umschloss ihn mit der Faust.

„Wahuuu?", jaulte Watson. „Und?"

Hugo schüttelte den Kopf. „Keine Chance. Probier du es noch mal, Becky."

Wieder legte das Mädchen den winzigen Schlüssel in ihre Hand und umschloss ihn, und genau wie beim ersten Mal wuchs der Schlüssel. Diesmal ließ sie nicht los, sondern hielt den goldglänzenden Schlüssel ganz fest.

„Wahnsinn", staunte Hugo. „Das ist ... Magie."

Becky grinste. „Das ist es. Aber es ist noch viel mehr, meine Freunde, es ist das Tor zur magischen Welt. Endlich können wir die Buxies und Glimmeria wieder aus dem Buch der Bücher herauslesen. Unser nächstes Abenteuer kann beginnen!"

In der magischen Bibliothek …

Und ihr seid sicher, dass sie den richtigen Schlüssel gefunden haben?“ Pepper sah Igor, den Feuerdrachen, und Herrn Nase streng an. „Und niemand hat euch gesehen?“

„Wir haben uns hinter einem Baum versteckt und alles im Irrgarten genau beobachtet und aufgepasst, dass Becky und Hugo nichts passiert“, erklärte Herr Nase. „Genau wie du es befohlen hast, Pepper.“

„Wir sind ja nicht doof“, knurrte Igor und spuckte eine winzige Feuersäule in die Höhe.

„In dem grauen Nebel konnten uns die Kinder gar nicht entdecken“, meinte die kleine Hexe, die mit ihrem Raben Figaro ebenfalls zur Beobachtung in den Irrgarten geschickt worden war.

Pepper maunzte laut. „Warum hat Gordon uns nie erzählt, dass er den Schlüssel zur magischen Welt bei sich trägt?“

„Ts, ts, ts, Pepper. Muss ich dir wirklich sagen, welche Regeln in der magischen Welt gelten?“, tadelte Genoveva. „Die gelten natürlich auch hier in Schloss Rosenbolt. Gordon ist der Hüter der Schlüssel und damit Träger eines großen Geheimnisses. Das darf er nur mit der Königin teilen. Außer im absoluten Notfall.“

„Öch erlaube mör, darauf hönzuweisen, dass auch wör noch ein großes Geheimnös hüten“, meldete sich Ferdinand zu Wort. „Wör sollten diese beiden besonderen, wunderbaren Könder darüber aufklären, dass sie nöcht nur für dö Zeit des Lesens ön der magöschen Welt bleiben können."

„Jaja", knurrte Pepper unwirsch. „Bei ihrem nächsten Besuch erklären wir ihnen das mit dem Hineinlesen in die Bücher. Ich hoffe nur, die beiden haben genug Mut für diese kühne Reise."

Genoveva tätschelte Pepper sanft den Kopf. „Den haben sie, da bin ich ganz sicher, Katerchen. Alles wird gut. In unserer wunderbaren Bibliothek und in der magischen Welt."

Barbara Rose ist Kinder- und Jugendbuchautorin und Journalistin. Über zehn Jahre lang hat sie sich Geschichten fürs Fernsehen ausgedacht und Sendungen für Kinder und Jugendliche im Radio moderiert. Inzwischen arbeitet sie als freie Autorin und kann das tun, was ihr am meisten Spaß macht: Bücher schreiben und daraus vorlesen. Sie wohnt mit ihrem Mann und ihren vier Kindern in der Nähe von Stuttgart. Mehr zur Autorin unter: www.barbara-rose.info

Annabelle von Sperber arbeitet als freie Illustratorin und Autorin für verschiedene deutsche und internationale Buchverlage, Magazine, Zeitungen, Agenturen und Online-Medien. Sie studierte Illustration an der HAW Hamburg und gründete zusammen mit Irmela Schautz das atelier2gestalten. Sie lehrt als Dozentin an der Akademie für Illustration AID Berlin. Annabelle von Sperber lebt in Berlin.

Die Welt der Bücher

Band 1 · ISBN 978-3-7432-0656-4

Becky kann ihr Glück kaum fassen: Gemeinsam mit ihrem Vater Professor Ignaz Librum und ihrem Streifenhörnchen Lotti wird sie ein Schloss bewohnen. Was für ein Traum! Dass es sich hier um kein gewöhnliches Schloss handelt, finden Becky und ihr neuer Freund Hugo bei ihrer ersten Erkundungstour heraus: Wie durch ein Wunder gelangen die beiden in ein geheimes Stockwerk mit einer riesigen Bibliothek. Hier warten drei magische Wesen seit Jahren auf eine ganz besondere Person. Eine Person, die Kontakt zur Bücherwelt aufnehmen und sie auf diese Weise vor dem Vergessen bewahren kann …

… ist in Gefahr

Band 3 · ISBN 978-3-7432-0658-8

Bevor die Freunde Becky und Hugo sich in die Bücherwelt hineinlesen, offenbart ihnen Glimmerias Kristallkugel eine uralte Prophezeiung. Was bedeuten die geheimnisvollen Worte? Erfüllen wird sich die Vorhersage einzig und allein in der Welt der Bücher. Aber dort stellen sich ihnen jede Menge Wesen in den Weg, allen voran der Junge Mo auf seinem fliegenden Teppich …

Loewe

Das will ich lesen!